Fais un vœu et souffle...

LUCIE GRANGE

Fais un vœu et souffle...

Roman

Edition : BoD – Books on Demand, info@bod.fr
Impression : BoD – Books on Demand, In de Tarpen 42,
Norderstedt (Allemagne)
Impression à la demande

Illustration : libre de droit

ISBN : 978-2-3224-3979-9
Depot legal : Juillet 2022

Du même auteur :

« Du haut de mes 26 ans, je réalise soudain que je m'apprête à passer le cap des 10 000 jours. Je dois l'avouer, cette idée m'effraie un peu ! Orpheline depuis 20 ans, je suis hantée par un passé qui reparaît sans cesse, d'autant que mon futur semble déjà écrit. Si je veux sortir de l'hibernation dans laquelle je me suis enfermée, je ne peux plus ignorer mon enfance. Avec le soutien indéfectible de Bastien, mon meilleur ami, je suis déterminée à retrouver la maison familiale pour comprendre enfin d'où je viens et ce qui m'a brisée. J'ai le pressentiment que ce n'est pas seulement un voyage, mais que ma vie est sur le point de commencer. »

J'ai un profond respect des dates anniversaires

Ces portes que le Temps dispose autour de nous

Pour ouvrir un instant nos coeurs à ses mystères

Et permettre au passé de voyager vers nous.

Yves Duteil, *Les dates anniversaires,* 1990

Chapitre 1

Samedi 6 février 1993   10 ans

The Lumineers, *Birthday*

10

A la seconde même où mes orteils pénètrent dans l'eau glacée, je regrette déjà ce pari ridicule qui m'a fait plonger. Tout mon corps est comme paralysé désormais et je peine à remonter à la surface. Je reprends mon souffle, mais entendre leurs rires dix mètres plus haut m'oblige à m'enfoncer de nouveau au milieu des algues pour étouffer leur écho. Je tente de nager malgré mes jambes engourdies pour m'éloigner le plus loin possible, dans l'espoir de disparaître. Une brèche apparaît devant moi et semble mener vers une cavité d'une luminescence azurée, caractéristique des grottes sous-marines de la région, comme j'ai lu un jour dans un Astrapi[1]. J'y pénètre et parviens dans un dernier effort à repousser le sol pour enfin émerger, au bord de l'asphyxie. La mélodie rythmée de gouttes d'eau berce mon esprit

---

[1] magazine documentaire pour enfants

le temps que ma respiration s'apaise et que ma vision parvienne à voir se dessiner les courbes de la grotte dans laquelle j'ai trouvé refuge. Je rejoins le bord et m'extrais pour m'étendre sur le dos, las, pas tant de l'effort qu'il m'a fallu pour arriver jusqu'ici, mais plutôt épuisé de cette journée, de cette année, des dix dernières même... de mes dix premières plutôt.

J'ai 10 ans aujourd'hui et si mon karma se poursuit sur la même lancée, je ne suis pas certain d'en sortir indemne. A quoi bon ? Mes parents n'ont pas voulu de moi et à ce qu'on dit c'est moi qui ai préféré fuir les familles qui m'ont accueilli depuis. Accueillir est peut-être excessif d'ailleurs. Mais il parait que je suis un rebelle, un p'tit con même. C'est donc sans doute moi qui exagère. Un matelas à même le sol et un bol de lait périmé pour le p'tit dej' à cinq ans auraient dû me satisfaire. Après tout, les bâtards à quatre pattes que je croisais lors de mes fugues se contentaient souvent d'un coin de ruelle à l'abri de la pluie et de restes de pizza de chez Marco.

J'espérais juste que cet anniversaire allait marquer un tournant. Faut croire qu'il est peut-être temps que je cesse d'être naïf. A défaut de souffler les bougies sur un gâteau fait maison, je me suis retrouvé collé contre un mur par cinq CM2 à la sortie de l'école. Alors oui, je leur ai volé leurs goûters la semaine dernière, mais ils sont quand même sacrément rancuniers. Ça m'apprendra à détrousser les cartables des plus grands. La prochaine fois, je m'attaquerai aux CP. Au lieu de déballer des cadeaux imaginaires, je me suis retrouvé face à un dilemme entre deux coups de poing dans le bide. Mes courageux adversaires m'ont laissé le choix entre crever les pneus de Mlle Blanc ou sauter depuis le rocher de la mort, comme on le surnomme, au bout de la presqu'île de Giens.

Vous vous doutez donc que je n'ai pas pu me résoudre au premier choix. Mais elle est chouette cette maîtresse aussi. C'est la seule adulte qui ne me regarde pas avec pitié, la seule qui sait quand ma colère est aussi forte que l'est ma détresse. C'est elle qui m'a montré que des mots posés sur le papier permettent parfois de ne pas en venir aux mains. Elle m'a donné un p'tit cahier dans lequel je note tout ce qui me passe par la tête quand je sens que ça monte. J'ai même le droit d'aller m'asseoir au fond de la classe quand la lave du *volcan de la colère,* collé sur mon bureau, est déjà bien dans le rouge. De temps en temps, je pars m'isoler un peu et je sors mon cahier vert, vert comme le p'tit bonhomme de la sérénité dans le livre des émotions qu'on a lu en maternelle, et qui déjà m'avait permis à l'époque de mettre des mots sur ce que je pouvais ressentir. J'y écris mes angoisses, les mots de certains camarades qui m'ont blessé, mes rêves aussi. Poser des mots sur ces feuilles un peu froissées m'apaise. Parfois, j'en dévoile le contenu à Mme Blanc et elle prend quelques minutes pour en discuter avec moi.

— Tu parviens à transformer ta peine en poèmes, m'a-t-elle dit l'autre jour. C'est un peu ton pouvoir magique.

Je ne suis pas sûr que ça me serve à quelque chose et je préfèrerais juste être comme les autres. Eux n'ont pas besoin d'imaginer à quoi leur vie pourrait ressembler. Il se contente de la vivre sans même se rendre compte de leur chance.

Le matin, je reste souvent tout le temps de l'accueil entre 8h20 et 8h30 face au poster accroché au mur de la classe sur lequel sont répertoriés tous les adjectifs possibles en fonction de chacune des émotions. On peut choisir une étiquette correspondant à notre état en arrivant à l'école et l'aimanter à côté de notre prénom. J'observe souvent mes camarades choisir *joyeux, de bonne humeur, motivé* ou *serein* et *détendu* quand je suis plutôt attiré par *dépité, seul, mal à l'aise* ou *envieux* et *plein de haine.*

Autant dire que lorsque j'ai posé *plein d'espoir* ce matin, toute la classe m'a regardé l'air ahuri. Ça n'a pas duré bien longtemps. Au retour de la récré, j'avais déjà changé pour *déçu* quand je me suis aperçu que personne ne s'était souvenu de mon anniversaire, pas même Thomas, mon supposé meilleur copain. Seule Mlle Blanc me l'a souhaité à 11h30 en me demandant si j'allais le fêter cet après-midi.

J'avoue que j'y pensais quand Adrien, Bilel et les trois autres crétins ont décidé que c'était le bon jour pour se venger. Je me disais que comme on est samedi, je pourrais peut-être préparer un gâteau au yaourt en cachette, et proposer à Thomas, Enguerrand et Charlie de me rejoindre au parc. J'essayais de me souvenir de la recette qu'on avait justement cuisinée avec la maîtresse pour expérimenter la notion de fraction, quand ma tête a heurté le mur et que les Dalton m'ont asséné de coups tout en me lançant ce défi débile.

Me voilà donc, trempé et gelé, à attendre que les murmures que j'entends encore à travers la roche s'éloignent pour que je puisse rentrer chez moi, expliquer à ma 5ème fausse-mère pourquoi je suis dans cet état et prétendre que c'était mon idée de faire un p'tit plongeon dans la Méditerranée un 6 février. J'essaie d'imaginer quelle excuse je vais bien pouvoir encore baratiner : chute accidentelle après une balade avec les copains, sauvetage d'un oiseau blessé en train de se noyer, rite de passage pour mes 10 ans ? Je soupire d'avance de la punition qui m'attend...

— Nico ? Nicolas t'es où ?

Je crois reconnaître la voix de Thomas et me relève. Je m'aperçois que j'ai perdu une chaussure.

— Nico... ?

Cette fois, c'est Charlie qui hurle mon prénom là-haut. Je souris malgré moi et cherche dans la paroi une faille qui expliquerait comment leurs voix peuvent parvenir jusqu'à moi. Je fais le tour de la cavité et aperçois un trait de lumière qui semble percer vers l'extérieur.

— Je suis là les gars! Je suis en bas dans une grotte.

— Contente de savoir que tu es toujours en vie, me crie à son tour Charlie. Mais sors vite de là et tu vas voir ce qui t'attend de m'avoir traitée de gars.

— Ils sont partis ?

— Ouais, on a suivi en vélo le bus que vous avez pris dans le centre jusqu'à la Tour Fondue et on a attendu qu'ils repartent, m'explique Thomas.

— Et vous pouviez pas m'aider avant que je sois obligé de sauter dans une eau à 10° ?

— Désolé mec, ajoute Enguerrand.

— Tu parles d'un chevalier courageux. Ils auraient mieux fait de t'appeler Gaston tes parents.

J'entends leurs rires, mais cette fois-ci je n'ai pas envie de les fuir. C'est fou comme cet enchaînement de petites expirations saccadées peut parfois être effrayant de sadisme et parfois réconfortant de complicité. Je ris à mon tour et repense tout à coup à l'affiche de la classe. Je pourrais changer d'étiquette et opter pour *reconnaissant* ou *régénéré*. Heureusement que j'ai ces trois-là dans ma vie.

Thomas, je le connais depuis qu'on s'est pris la tête au parc à 4 ans pour savoir qui allait descendre le premier du toboggan. Comme d'habitude, j'étais persuadé que tous les gamins allaient se moquer de mes vêtements trop courts, j'étais jaloux de les voir s'envoler en l'air sur les balançoires, poussés par des parents qui accouraient dès qu'ils tombaient et s'écorchaient le genou. J'agressais toujours en premier parce que je savais que personne ne voudrait jouer avec moi. Et ce jour-là, c'est Thomas qui en fit les frais. Je le bousculais à la tyrolienne puis le menaçais s'il ne me laissait pas descendre en premier au toboggan. Mais au lieu de s'enfuir en jurant d'aller tout dire à sa nounou, il m'avait simplement proposé qu'on descende tous les deux en même temps. Je me suis d'abord méfié. J'ai continué de lui jeter des regards noirs dès que je le croisais sur le petit pont en bois et puis à force de le voir m'attendre et me faire signe à chaque fois qu'il s'apprêtait à glisser dans le « serpent rouge », comme on l'appelait, je l'ai finalement rejoint.

T'es prêt ? m'avait-il demandé avant d'attraper mes jambes et de commencer la descente. Nous avions recommencé des dizaines de fois, riant plus fort à chaque fois. Je me souviens que l'assistante sociale qui m'accompagnait ce jour-là, parce que ma

4ème fausse-mère avait mieux à faire sans doute, avait dû ruser pour me faire partir du parc.

C'est mon premier souvenir joyeux et la plupart de ceux qui ont suivi le sont avec lui. Il ne m'a jamais laissé tomber. C'est lui à 6 ans qui a dit à sa mère qu'il ne fallait pas que je change d'école même si j'allais encore une fois être envoyé dans une autre famille d'accueil. Et miraculeusement, le Juge et les services sociaux ont pour une fois été à l'écoute de cette proposition et ont trouvé une autre famille proche du groupe scolaire. Ça fait plus de trois ans que j'habite chez les Kleiner et même si la rigidité allemande vient parfois se heurter à mon caractère sauvage et que je tente encore de temps en temps de leur échapper pour trouver un peu de liberté, ils ont la patience de m'accepter et de me reprendre à chaque fois. Je me doute toutefois qu'ils le font surtout pour l'argent et pas par pure générosité. Peu de jouets traînent sur le sol de ma chambre et j'ai pu constater au fil des années que les pâtes ont toutes quasiment le même goût quelle que soit leur forme. Mais au moins ils ne me frappent pas comme l'espèce d'ivrogne qui faisait office de chef de famille dans la maison avant celle-ci. J'ai le minimum vital désormais et je m'en contente.

Ma famille est ailleurs. Ma famille, mon frère, c'est Thomas. On est même frère de sang depuis l'année dernière. Juste avant la rentrée, on s'est très solennellement entaillé chacun le pouce de la main droite, comme symbole de loyauté et fidélité, et on a mélangé la gouttelette rougeâtre qui peinait à couler, trop peu braves pour oser agrandir l'entaille. Mais parfois, même lui ne sait pas comment me retenir quand je déconne. Quand c'est plus fort que moi et que je provoque Mme Redon, la directrice de l'école, quand j'envoie tout valser dans son bureau parce que j'ai pas supporté une remarque d'un autre élève au match de basket après la cantine, je ne contrôle plus rien. Je me déteste quand je suis dans cet état et je ne supporte pas qu'on s'approche de moi ou qu'on me dise de me calmer. Comme s'il suffisait que j'appuie sur un bouton pour y arriver. *Tout se joue avant six ans*[2] paraît-il. Enfin, c'est le titre d'un bouquin que j'ai trouvé dans la bibliothèque des Kleiner un jour. Autant dire que je suis foutu à priori. Quatre foyers différents en moins de cinq ans après six mois en pouponnière, pas l'idéal pour se sentir en sécurité et grandir. Je pleurais beaucoup et dormais peu il parait. Les premières familles finissaient

---

[2] *Tout se joue avant 6 ans,* Fitzhugh Dodson

par lâcher l'affaire, épuisées sans doute. Aujourd'hui je ne pleure plus, jamais. A la place, c'est une colère froide qui m'envahit. Malgré mes rendez-vous quotidiens au CMP[3] avec un pédopsychiatre et un traitement à la Ritaline pour traiter mon hyperactivité et agressivité, je n'arrive pas toujours à la contenir. J'explose quand le bruit ambiant dans la classe me fait l'effet d'un moteur d'avion dans les oreilles, quand le regard d'un élève se fait trop insistant et vient me percer comme s'il pouvait me tuer, quand une remarque me fait me sentir encore plus nul que d'habitude. Dans ces moments-là, dont je garde peu de souvenirs une fois la crise passée, ma force est démultipliée, mes cris sont stridents et je peux agresser enfants et adultes avec le premier objet qui me tombe sous la main. Je m'en veux tellement après, mais je suis souvent bien incapable d'expliquer l'élément déclencheur. Mlle Blanc essaie de me proposer beaucoup d'outils comme le cahier à émotions dont j'ai déjà rempli au moins trois exemplaires depuis qu'elle me l'a proposé au retour des vacances d'automne. J'ai le droit d'aller boire de l'eau quand j'ai besoin de bouger un peu, ne pouvant plus rester assis. Elle m'a proposé aussi un casque

---

[3] Centre Médico Psychologique

anti-bruit qui me permet de m'isoler un peu. C'est la première maîtresse qui essaie autant de m'aider et globalement, c'est la première année que j'arrive un peu à me mettre au travail.

Je ne regrette pas d'avoir vaincu ma peur du vide aujourd'hui. J'ai envie de changer pour lui prouver que je peux y arriver. C'est ma dernière chance de toute façon si je veux pouvoir rester avec les copains à l'école. A la dernière réunion, Mme Kleiner m'a dit qu'on lui avait parlé d'un ITEP[4] où je pourrais être scolarisé en internat. J'ai lu la brochure qu'on leur a donnée et c'est vrai que j'ai clairement le profil. « Les ITEP accueillent des enfants, adolescents ou jeunes adultes qui présentent des difficultés psychologiques dont l'expression et notamment l'intensité des troubles du comportement perturbent gravement la socialisation et l'accès aux apprentissages. Ils se trouvent malgré des potentialités intellectuelles et cognitives préservées, engagés dans un processus handicapant qui nécessite le recours à des actions conjuguées et à un accompagnement personnalisé. » Ça me fait un peu peur de penser qu'il faudrait encore que je change mes habitudes.

---

[4] Institut Thérapeutique Educatif et Pédagogique

C'est un peu dur aussi de me considérer comme un handicapé. On peut pas lui mettre de plâtre à mon cœur et mon cerveau qui bouillonne parfois ne peut pas être soigné avec une poche de glace. Si je n'arrive pas à tenir en classe, comment je vais faire au collège ? Y'a pas de conseils de discipline en primaire. Mais dès que je vais arriver en 6ème, ils ne me garderont pas longtemps si je fais encore des crises.

Tu veux finir en prison quand tu seras grand ? me disait souvent mon maître l'année dernière à chaque fois que je m'en prenais à un élève. Et s'il avait raison ? Est-ce que tous les criminels qui sont en prison aujourd'hui me ressemblaient quand ils avaient dix ans ? Est-ce que ma volonté de changer va suffire ? Quand tous mes camarades ont déjà des idées de métiers qu'ils aimeraient faire plus tard, rien ne me vient moi. Bandit professionnel pourrait finalement être une option...

— Tu fais gaffe pour ressortir ! Prends beaucoup d'air. On essaie de descendre un peu vers la plage à gauche du rocher.

Cette grotte qui m'avait attiré tel un refuge m'angoisse désormais. J'ai l'impression d'étouffer. Je m'enfonce dans l'eau et nage jusqu'à l'entrée. Je prends une grande inspiration et plonge vers la sortie. Dès que je sens les algues m'effleurer, je sais que je suis à l'extérieur et remonte à la surface. Je suis ébloui par le soleil et me tourne vers la plage pour la rejoindre. Après quelques brasses, j'aperçois les copains qui se fraient un chemin dans les rochers.

— Il est là, crie Charlie en sautant sur le sable.

— Allez, sors vite Nico, tu vas finir en glaçon, m'encourage Enguerrand.

Thomas n'hésite pas une seconde lui. Il pénètre dans l'eau jusqu'aux genoux après avoir remonté son jean et me tend la main. Je l'attrape et parviens sur le sable. Je m'effondre et peine à retrouver ma respiration tant j'ai froid.

— Enlève ton gilet et ton tee-shirt, m'ordonne-t-il en me tendant son pull. Il faut que tu bouges. Allez Nico, lève-toi et saute.

Il ne me laisse pas le choix et me soulève pendant que Charlie m'aide à retirer mes vêtements et qu'Enguerrand me tend son jogging de foot qu'il avait dans son sac à dos. J'enfile le pull et Charlie se cache les yeux lorsque j'enlève mon caleçon pour finir de me changer. Puis je me mets à sautiller sur place. Ils commencent à m'accompagner et nous voilà tous les quatre dans une drôle de danse tels des p'tits sioux.

— Merci les gars... Et merci Charlie, j'ajoute, alors que son visage s'assombrit.

— Qu'est-ce que t'as fait pour qu'Adrien soit si furax qu'il te force à sauter de là-haut ? me demande Thomas.

Je leur explique toute l'histoire et il me donne une tape dans le dos :

— Je suis fier de toi tu sais. On aurait encore M. Gravier, c'est sûr, tu lui crevais les roues de sa voiture.

— Ouais, t'es trop courageux. Moi je me serais pissé dessus là-haut c'est sûr, ajoute Enguerrand.

— Demande-moi un Pépito la prochaine fois que t'as faim pour le goûter, conclut Charlie.

— Ah ben justement. Ferme les yeux Nicolas, m'ordonne Thomas.

Je le regarde sans trop comprendre, mais m'exécute quand il me répète l'ordre d'un ton plus autoritaire. Quand je les rouvre, il tient dans ses mains une madeleine aux pépites de chocolat dans laquelle est plantée une bougie qui peine à rester allumée.

— Vous avez pas oublié ?

— On allait te proposer de passer au parc après l'entraînement pour te faire la surprise, m'explique Enguerrand.

— Mais c'est bien ici aussi, me sourit Charlie.

— Allez souffle frérot, fais un vœu !

Je ferme les yeux de nouveau et sais exactement ce que je souhaite.

— Je veux bien me jeter dans le vide tous les ans si c'est pour qu'on se retrouve tous les quatre sur cette plage à fêter mon anniversaire, dis-je, avant de souffler la bougie.

— Faut pas le dire à voix haute si tu veux que ça se réalise, me répond Charlie presque dépitée.

— Je prends le risque.

— Et je sauterai avec toi, ajoute Thomas.

— Moi je vous encouragerai de là-haut, bégaie Enguerrand.

Je croque à pleines dents dans la madeleine avec le sentiment qu'aucun gâteau n'a jamais eu une telle saveur et je souris, heureux d'être avec les seules personnes qui comptent vraiment pour moi. Je me remets à sautiller attrapant les garçons par les épaules dans une sorte de mêlée à laquelle se joint Charlie.

— Ça fait quoi d'avoir 10 ans ? T'es le premier à y passer, me taquine Thomas assis à côté de moi sur le sable, pendant qu'Enguerrand essaie d'apprendre à Charlie à faire rebondir des galets sur l'eau.

— Je sais pas trop.

— Tu te souviens de ce qu'on disait quand on est arrivé au CP ?

— Que quand on aurait dix ans, on serait les rois de l'école ?

— Exactement.

— Je pense qu'aujourd'hui a prouvé que je suis surtout le roi des conneries.

— T'es dur. Moi je trouve que t'es plus le même cette année. Bon ok, il t'arrive encore de te transformer en Nigodzilla[5], m'explique-t-il après que je l'ai regardé peu convaincu. Mais franchement, tu fais des efforts et ça se voit. Enfin je veux dire, t'arrives

---

[5] Godzilla est un monstre du cinéma japonai tantôt vu comme une menace pour l'humanité, tantôt allié des hommes contre d'autres monstres.

à trouver des trucs pour te calmer avant que ça explose la plupart du temps.

— C'est surtout grâce à la maîtresse. Elle est super. J'ai un peu peur de replonger l'année prochaine.

— C'est vrai qu'elle est pas mal... pour une maîtresse. Stresse pas pour le CM2. On a encore le temps.

Blasé par l'incompétence de Charlie, Enguerrand nous rejoint.

— Faut vraiment que je file les mecs, je vais être à la bourre à mon entraînement.

— Attends, je te rends ton survet.

— T'inquiète, je mettrai le short, sourit-il avant de remonter à travers le chemin rocheux. On se retrouve après au parc quand même ? À la cabane ?

— Carrément.

— Bon je suis vraiment nulle, avoue tristement Charlie en s'asseyant à côté de nous.

— Je te promets un truc, je lui réponds. Le jour où t'arrives à faire deux ricochets, t'auras le droit de me demander ce que tu veux.

— Marché conclu, valide-t-elle en me serrant la main.

Nous restons encore quelques minutes à observer la mer en silence avant que Thomas ne se relève.

— Allez faut qu'on y aille Graine-de-Bison et Arc-en-Ciel[6]. Ma mère va commencer à s'inquiéter.

— La mienne aussi Yakari, t'as raison, s'amuse Charlie.

— La mienne pourrait, si elle est encore en vie quelque part.

Ils me regardent tous les deux un peu gênés, ne sachant pas trop quoi répondre.

— Heureusement qu'Engué est déjà parti parce que tu l'aurais appelé comment sinon ? Petit Tonnerre[7] ? finis-je par dire pour rompre le silence et détendre l'atmosphère.

Nous remontons le sentier, mais je suis un peu à la traîne sur les rochers saillants avec mon pied nu. J'avais presque oublié ce détail. Comment vais-je pouvoir cacher la perte de l'unique moitié de paire de chaussures prévue pour durer jusqu'à l'été ?

Nous attrapons le bus 67 qui nous ramène au centre-ville de Hyères, après avoir négocié avec le

---

[6] Personnages, amis de Yakari le petit indien.
[7] Cheval de Yakari

chauffeur de rentrer avec leurs vélos. Arrivés à l'arrêt Victoria, Charlie prend la direction de chez elle et je m'apprête aussi à rejoindre l'appartement où personne ne m'attend c'est sûr. Ma fausse mère a dû partir à l'hôpital commencer sa garde d'aide-soignante à l'heure qu'il est, et son équivalent masculin est à son entraînement de basket. Au moins, j'ai échappé à l'interrogatoire concernant l'état de mes habits, mais il me reste encore un problème à résoudre.

— Viens à la maison, j'ai un truc pour toi, me propose Thomas.

Je grimpe sur le porte-bagages et il pédale jusqu'au numéro 8 de la rue Ernest Reyer, le paradis pour moi. Cet endroit est tout ce dont je rêve, à la fois pour l'extérieur que pour ce qui se trouve à l'intérieur : une vraie famille. On passe à peine le portail que Mme Gautier sort en courant. Moi qui pensais échapper à l'engueulade du siècle...

— Vous étiez où les garçons ? J'étais morte d'inquiétude. Nicolas, j'ai été obligée de mentir à Eve et Marc pour éviter la panique générale. Je leur ai dit que vous aviez décidé de faire un pique-nique d'anniversaire.

Je m'apprête à recevoir une bonne raclée. Au lieu de ça, la mère de Thomas nous prend dans ses bras et nous sert aussi fort qu'elle le peut.

— C'est exactement ça maman. On est allés à la plage du Bouvet à vélo. Désolé, on voulait faire une surprise à Nico, mais j'aurais dû passer te prévenir.

— Rentrez tous les deux, vous allez bien c'est le principal.

Je reste prostré quelques secondes, pas bien sûr que la scène qui vient de se dérouler soit réelle. Thomas rejoint presque au ralenti les bras réconfortants de sa mère, comme une scène de film trop parfaite pour être réaliste. Et pourtant, c'est sans doute ça qui est normal. C'est toute ma vie qui l'est moins. Je les rejoins à l'intérieur et nous grimpons l'escalier jusqu'à sa chambre.

— Rassure-moi. Elle attend que je sois parti pour t'engueuler ?

— Ben non, me répond-il en riant. Elle était inquiète, mais ça passe pour cette fois.

— T'as vraiment gagné le gros lot toi.

— Comment-ça ? me demande-t-il tout en fouillant dans son placard.

— T'as bien choisi ta famille je veux dire. Je comprends pas trop comment j'ai pu me planter à ce point-là au départ moi.

— Tu t'es bien rattrapé. Tu m'as choisi moi : le meilleur des meilleurs copains, me dit-il un grand sourire sur son visage tandis qu'il me tend une basket identique à celle que j'ai perdue. Heureusement que nos mères prennent toutes le même modèle à Décath et qu'on a la même pointure, ajoute-t-il.

— T'es sérieux mec ? Tu vas faire comment mardi prochain quand on aura sport à l'école?

— T'inquiète, je gère. Je vais laisser décanter un peu après notre exploit d'aujourd'hui, mais elle aura oublié d'ici ce week-end et j'accuserai Camille. Elle m'en doit une en plus depuis qu'elle m'a rayé mon CD de Nirvana.

Je lace rapidement la basket juste à temps avant que Mme Gautier ne frappe à la porte :

— Vous venez ? Je vous ai préparé un chocolat chaud. On a même des chamallows. Et si vous voulez, on met la K7 de Maman j'ai raté l'avion. Ça te va comme goûter d'anniversaire Nicolas ?

— Le très gros lot même, me lance Thomas avec un clin d'œil en sortant. Mais on partage tout avec son meilleur ami, ajoute-t-il en levant la main pour un check.

Il est 17h quand nous rejoignons Enguerrand et Charlie au parc Olbius Riquier. On passe l'aire de jeux pour bifurquer dans un petit chemin à droite qui longe l'étang en direction du jardin botanique. Un peu cachée derrière les bambous, une cabane posée sur quatre poteaux en bois, plutôt destinée à servir de nid aux oiseaux, est devenue notre repère. Je fais la courte-échelle pour aider Thomas et monte à mon tour. A l'intérieur, des ballons et une banderole sur laquelle je peux lire « Bon aniversaire » sont accrochés à une ficelle.

— Bon anniversaire, chantent-ils en chœur tout en brandissant chacun un cadeau dans ma direction, avant que j'ai le temps de les chambrer sur la faute d'orthographe.

Bon ok, je reviens un peu sur ce que j'ai pu penser dans la grotte à propos de mes dix premières années. Clairement, la plupart du temps, c'est pas terrible et je me sens un peu comme Gavroche. Mais ces trois-là sont assez doués pour me transformer en Iron Man, bien entouré d'Œil de faucon, la Guêpe et la Chose[8], même si Engué se vexe à chaque fois qu'on décide d'inventer des missions dignes des Avengers. La meilleure partie de moi c'est eux !

— Allez fais pas ton timide, Ouvre ! se moque Charlie en me tendant son paquet.

Je la remercie en l'embrassant sur la joue pour la première fois depuis qu'on se connaît, ce qui n'arrange rien à mon trouble. C'est la fille de la bande depuis trois ans, mais elle commence vraiment à y ressembler. Elle qui était si garçon manqué il y a encore peu de temps ne l'est plus autant désormais. Pour la première fois, elle ne porte pas sa casquette fétiche et ses cheveux châtains ondulent sur ses épaules. Elle a changé son jean brut habituel pour une robe vert foncé qui fait d'autant plus ressortir ses yeux de la même teinte. Si on m'avait demandé avant aujourd'hui, je ne suis même pas sûr que j'aurais été capable d'en décrire la couleur exacte. Je sais qu'à partir de ce moment, je ne l'oublierai jamais. Je déchire le papier et découvre un petit singe mécanique qui joue du tambour. Je tourne la petite

---

[8] Personnages de l'équipe de super-héros évoluant dans l'univers Marvel.

clé dans son dos et le pose sur le sol pour l'observer avancer tout en battant avec ses baguettes.

— Je te présente Dave.

— T'as conscience que Dave Grohl[9] joue de la batterie et pas du tambour ?

— Je le reprends puisque c'est comme ça, ronchonne-t-elle en tentant de le récupérer.

— Je plaisante, j'adore. Ce sera mon nouveau porte bonheur.

Enguerrand m'offre une bande dessinée de nos héros préférés que je passe mon temps à dessiner en classe et je suis touché qu'il ait lui aussi su choisir un cadeau qui me corresponde tant. Pourtant, on est tellement différents que je me demande parfois comment il peut être ami avec nous. Il ne vit que pour le foot, rien d'autre ne l'intéresse, alors que Thomas et moi n'avons jamais touché un ballon de notre vie. Mais on l'a défendu une fois en récréation face à des plus grands qui voulaient justement lui piquer le sien et depuis on ne se quitte plus.

Thomas me tend un drôle de paquet allongé. J'essaie de deviner de quoi il peut bien s'agir, mais il

---

[9] batteur du groupe Nirvana de 1990 à 1994.

répond par la négative quand je propose un rouleau à pâtisserie. Je finis par l'ouvrir et reste le regard figé sur les deux baguettes que je découvre sans savoir quoi dire.

— Mon père est d'accord pour que tu t'entraines sur sa batterie. Elle traîne au garage depuis bien trop longtemps et il est temps que tu t'y mettes si tu veux être le nouveau Dave. Je commence à m'ennuyer en plus tout seul avec ma guitare.

— Tom, c'est incroyable.

Je sens couler sur ma joue un liquide un peu salé que ma langue effleure quand une goutte rejoint mes lèvres. Je lève la tête par réflexe pour vérifier qu'il ne pleut pas à travers le toit de la cabane. Mais je dois me rendre à l'évidence : ce sont des larmes qui embrument mes yeux et glissent sur mes joues. Les copains ne semblent pas savoir comment réagir, eux qui ne m'ont jamais vu pleurer. Charlie pose sa main sur la mienne tandis que les garçons posent tous les deux la leur sur mes épaules.

— T'as le droit à un vœu bonus comme tu l'as dit à haute voix tout à l'heure, me propose-t-elle en chuchotant.

Je ferme les yeux et pense très fort à ce que j'espère pour l'année qui vient. Quand je les ouvre à nouveau, je me rends compte que mon vœu est déjà en train de s'exaucer.

Chapitre 2

Vendredi 6 février 1998   15 ans

Joan Armatrading, *Back on the Road*

22

Je ne cesse de compter et recompter mentalement à partir de zéro, comme un enfant qui tente de mémoriser la comptine numérique. Je tiens ma tête dans mes mains et fixe le sol bien trop lisse et aseptisé. Charlie, assise à côté de moi dans la même position, est tout aussi silencieuse. Nous n'osons même pas nous regarder, trop honteux de ce qui nous a menés ici, trop inquiets aussi de patienter ainsi sans avoir de nouvelles.

— Ils arrivent.

Nous relevons la tête vers Thomas qui vient de raccrocher avec les parents d'Enguerrand. Ces deux mots suffisent pour me sortir de ma tentative désespérée de me rassurer que tout va bien se finir. Il est temps sans doute d'arrêter de croire que si j'invoque suffisamment de fois mon nombre fétiche, un médecin va enfin franchir la porte qui nous fait face et nous rassurer sur l'état du quatrième membre de notre groupe. Derrière lui, l'aiguille des heures sur l'horloge a atteint le chiffre 11 et le léger clic de celle des minutes qui rejoint le 12 me fait presque sursauter. Il sonne comme le début d'un compte à rebours. Il reste une heure pour que mon anniversaire ne se transforme pas en la pire journée de notre vie. Je suis terrifié, mais me relève brusquement. Je suis supposé agir et faire quelque chose, même si je n'ai aucune idée du comment. Comment peut-on imaginer que parce qu'on a soufflé quinze bougies, on est automatiquement capable de se comporter presque comme un adulte? Comme d'habitude, c'est Tom, de 5 mois mon cadet, qui a pris les choses en main. Il semble calme tandis que j'ai l'impression que mes jambes vont flancher et que je vais finir par m'effondrer sur le sol. Comment a-t-on pu en arriver là ?

— Ça va mec ? me demande-t-il en me voyant vaciller.

Je me rassois et entends résonner encore sa question, la même qu'il m'a posée il y a quelques heures.

Il était seize heures quand il m'a rejoint sur notre plage. Nous l'avons tenue cette promesse de nous y retrouver quoiqu'il arrive chaque 6 février. Je me souviens de chacun de ces anniversaires, comme si je ne vivais que pour cette journée. Cette année, je n'étais pas sûr qu'ils viendraient. L'année dernière déjà, la bière qu'on avait partagée avait un goût amer, mais je suis le seul à blâmer.

— Ça va mec ? m'avait-t-il donc lancé.

J'étais perdu dans mes pensées et calculais que cela faisait dix-huit mois que nos vies avaient pris des routes différentes avec la bande. J'attendais, sans parvenir à me convaincre qu'on pourrait retrouver notre complicité.

Comme je l'avais craint, l'année de répit en CM1 avait été de courte durée et malgré tous mes efforts pour essayer de contenir mes colères et mes angoisses, j'ai vécu l'enfer l'année suivante et entraîné tout le monde avec moi. Toute la classe a subi mes accès de rage chaque jour. La bande a bien continué d'être là pour moi, mais j'ai fini par leur en vouloir à tous. Voir la peine dans leurs yeux après chacun de mes coups d'éclat accentuait mon mal-être. Il n'y a rien de pire que de deviner l'impuissance de ceux qui comptent le plus pour nous et sentir que la pitié commence à remplacer l'amitié. Même Thomas semblait à court de mots.

Il a fallu que j'attende deux ans après mon entrée en sixième avant de pouvoir intégrer l'ITEP. Je m'y étais résolu. Chaque jour de plus passé au collège, ou plutôt chaque jour manqué vu le nombre de mes absences devenait un calvaire. J'espérais y trouver ma place et y rencontrer d'autres jeunes qui me ressemblent et me comprennent. Sur ce point, je ne me suis pas trompé. Je me reconnais dans chacun de leurs gestes violents, insultes et crises de pleurs que peinent à calmer des éducateurs pourtant chevronnés. Mais je déteste d'autant plus mes propres pulsions à force d'être spectateur de celles de mes colocs de dortoir. J'ai essayé de me persuader que j'allais être plus fort qu'eux et que j'allais réussir à dompter cette bête en moi qui prend parfois le pouvoir. J'ai vite compris qu'il n'y aurait pas de miracle, que je ne parviendrais pas si facilement à me plier au cadre imposé, aussi assoupli fut-il par rapport à une classe ordinaire du collège Maintenon. Chaque semaine me semblait une éternité, comme si le temps avait son rythme propre à l'Institut. Je suis soulagé chaque vendredi lorsque je quitte Toulon et retrouve l'appartement des Kleiner. Je le trouve étonnamment accueillant et chaleureux en comparaison de l'internat. Et je repars chaque lundi matin la boule au ventre, redoutant d'être contaminé par l'agressivité latente qui semble se propager au fil de la semaine tel un virus dont personne ne parvient à trouver un vaccin efficace pour l'éliminer.

J'ai bien essayé de garder contact avec la bande pourtant. On se retrouvait tous les weekends et pendant les vacances dans notre cabane et ils m'écoutaient leur raconter les exploits de mes co-détenus. Au début en tout cas. J'ai vite réalisé que cela n'avait rien de passionnant et qu'il n'y avait pas de quoi se vanter. Ils me décrivaient leur quotidien et les voir rire d'anecdotes dont j'étais totalement étranger provoquait en moi un certain malaise, une colère même. Et comme la subtilité n'est pas ma spécialité, je leur ai fait comprendre que je me foutais un peu de leurs histoires. Comment leur avouer que j'étais simplement jaloux. Jaloux qu'ils puissent continuer à vivre normalement et jaloux de tous ceux qui avaient la chance de pouvoir passer du temps avec eux tous les jours. Thomas avait intégré l'orchestre du collège et il avait monté un groupe avec trois gars de sa classe. Ils ont déjà un batteur et même s'il ne me l'a jamais fait ressentir, il n'a clairement plus besoin de moi pour jouer. Raphaël, Sasha et Lucas, les trois membres du groupe de Thomas prirent l'habitude de nous rejoindre. Puis nos retrouvailles se transformèrent en squattage de son garage où ils répétaient leurs compos. Pendant ce temps, Enguerrand passait de plus en plus de temps à ses entraînements de foot espérant se faire repérer par le centre de formation d'un grand club. Charlie, telle une groupie, ne ratait pas une répétition des rockeurs boutonneux. J'en eus rapidement assez d'assister à ce remake d'Hélène et les Garçons[10] et j'ai commencé à trouver des excuses pour mes absences. Depuis le début de l'année, je n'y suis plus invité de toute façon.

— Bel anniversaire frérot, ça fait du bien de te revoir. J'ai eu un peu peur que tu nous poses un lapin cette année, continua Thomas.

— On est deux. J'étais vraiment pas sûr que vous alliez venir, avouai-je presque en chuchotant.

— On sera toujours là Nico. Quoiqu'il arrive ! ajouta-t-il en me serrant un peu plus fort.

---

[10] Série télévisée française

Enguerrand nous sauta dessus et nous tombâmes tous les trois dans le sable en riant. Charlie nous rejoignit, nous qualifiant de sales gosses, comme si rien n'avait changé. Je pris le temps de les observer tous les trois, un peu gêné d'avoir fait le mort ces derniers mois.

— Tu croyais quand même pas te débarrasser de nous comme ça ? me demanda Engué en me lançant une poignée de sable.

— Les gars, je...

— C'était une question rhétorique mec ! On sait bien que tu peux pas te passer de nous, même si parfois tu redoubles d'efforts pour tenter de nous faire fuir.

Il ouvrit son sac à dos pour dévoiler des bouteilles de bière et des flûtes en plastique. Thomas dégaina un saucisson du sien et un paquet de chips pendant que Charlie installa une couverture sur le sable. Je les ai regardés s'affairer à ouvrir tant bien que mal les canettes que le trajet en vélo avait quelque peu secouées, découper des rondelles de rosette bon marché et verser les tortillas dans un bol en plastique. Il ne m'en fallait pas plus. Heureusement qu'Eve et Marc avaient accepté que j'anticipe le week-end. C'était exactement ce dont j'avais besoin aujourd'hui : retrouver ma bande, ma famille et profiter de chaque seconde avant le retour à la réalité, eux ensemble au collège et moi tout seul à l'ITEP, où j'erre maintenant depuis un an et demi.

Après avoir trinqué et bu une gorgée, Thomas me tendit une enveloppe décorée avec des autocollants en forme de notes de musique.

— C'est de notre part à tous les trois.

Je l'ouvris en prenant soin de ne pas la déchirer et en sortis un courrier précisant les dates d'un stage d'une semaine de perfectionnement en pratique d'instrument, prévu pendant les vacances d'été, avec la case « batterie » cochée.

— Je vais avoir besoin de toi dans le groupe à la rentrée prochaine. Si tu reviens sur Hyères au lycée agricole comme tu l'espères, on va s'éclater Nico.

— Et Lucas ?

— Lucas déménage dans trois mois. Mais de toute façon, on l'a juste pris dans le groupe parce que toi tu pouvais pas en ne rentrant que les week-ends. Y'a qu'avec toi que j'ai envie de continuer à jouer. Et les jumeaux sont d'accord avec moi. Ils ont trop hâte aussi.

Je dus avoir l'air complètement crétin à ne cesser de sourire sans prononcer le moindre mot.

— Apparemment, on s'est pas trop plantés pour le cadeau, me chambra Enguerrand.

— Vous êtes dingues ! Vous êtes complètement oufs, vous le savez ça ? J'ai plus qu'à aller mettre des cierges pour être accepté au Bac Pro viticulture.

— T'as pas le choix, frérot, j'arrête tout si tu ne rejoins pas le groupe.

— Ça va le faire, essaya de me rassurer Charlie. J'ai confiance moi.

— Si Madame Irma l'a vu dans sa boule de cristal, y'a pas de raison. Merci les copains. Vous avez pas idée comme ça me rebooste. Je sais pas comment vous remercier.

— C'est simple. Tu t'accroches, tu déconnes pas sur cette fin de troisième et tu reviens. Y'a pas moyen qu'on soit séparés une année de plus. J'ai oublié de te préciser que j'y serai aussi à ce stage, ça va être génial.

C'est dingue comme une heure avec eux peut rattraper des mois d'ennui, comment soixante minutes de rires cicatrisent mes plaies invisibles, pour un temps en tout cas. J'ai profité de chaque seconde, en espérant que l'univers ralentisse un peu le cours du temps pour prolonger cet instant. On a regardé le coucher du soleil, chantant à tue-tête *Partir un jour*[11] et *Men in black*[12], déjà bien éméchés par les bières avalées trop vite.

— Bon, si on passait aux choses sérieuses ? suggéra Charlie en tendant fièrement une bouteille de vodka et une de rhum.

— Waouh, ça sort d'où ça ? interrogea Tom, alors que j'avais déjà ouvert la bouteille de vodka pour en boire une gorgée.

— C'est une excellente idée pour finir cette journée en beauté mademoiselle, la remerciai-je, le ton ivre.

— Tu remercieras mon grand-frère la prochaine fois que tu le croiseras.

---

[11] *Partir un jour,* 2 Be 3, 1996
[12] *Men in Black*, Will Smith, 1997

— On a déjà pas mal bu non ? lâcha Enguerrand, en pointant du regard les cannettes vides disséminées sur le sable.

— Allez mon pote, fais-moi plaisir pour mon anniversaire.

— T'as pas de match cette semaine. Profite un peu ! l'encouragea Charlie.

Je lui tendis la bouteille et après avoir hésité quelques secondes, il sourit puis but finalement une gorgée, puis deux. Il avait presque ingurgité le quart de la bouteille quand Thomas la lui arracha des mains.

— Arrête ! T'es dingue. Tu bois jamais, ça va te rendre malade.

— Oh ça va, je gère, rit-il avant de s'emparer de la bouteille de rhum et de partir en courant dans le sentier.

— Partage un peu ! l'interpella Charlie en le rattrapant.

— Ça va mal finir Nico, cria Thomas pour tenter de me raisonner.

Nous avons trouvé refuge au fort de la Tour Fondue bien que l'entrée soit interdite et avons commencé à jouer à « Je n'ai jamais ». Le principe est simple. A tour de rôle, on commence une phrase par « Je n'ai jamais... » et on la complète par quelque chose qui ne nous est jamais arrivée mais dont est quasi certain que les autres par contre l'ont déjà vécue. Celui ou celle qui est concerné(e) doit alors boire.

— Je n'ai jamais insulté un prof, annonça fièrement Charlie.

— Bien joué, lâchai-je avant d'avaler mon verre. Je n'ai jamais porté de protège-tibia.

— Ah, ah, râla Enguerrand avant de finir le sien. Je n'ai jamais joué à la guitare, continua-t-il en défiant Thomas qui nous observait de loin.

— Je joue pas à votre jeu débile, répondit-il. Je ne joue jamais aux jeux à boire.

— Triple combo, avons-nous ri tous les trois avant de trinquer.

C'est la dernière chose dont je me souviens. La suite est beaucoup plus floue. Les images qui me reviennent en mémoire, ce sont les cadavres des bouteilles sur le sol et la tête de Charlie posée sur mon épaule à tenter de me décrire une constellation au-dessus de nous. Juste avant qu'Enguerrand ne s'effondre et se cogne sur le mur en pierre de la forteresse. Le dernier son qui me hante encore, c'est le cri poussé par Charlie avant de se relever et de tituber jusqu'à lui. Puis telle une vision saccadée stroboscopique, Thomas qui accourt, le sang sur ses mains, son ombre qui s'enfuit vers la cabine téléphonique la plus proche, les gyrophares aveuglants du camion de pompiers et enfin les néons de cette salle d'attente qui me donnent la migraine.

Ce n'est donc pas seulement la peur qui m'empêche de me tenir debout, mais plutôt les litres d'alcool qui coulent encore dans mes veines.

— Ça va aller tu crois ? parviens-je à articuler.

Un simple souffle lourd de sens accompagne la main qu'il pose sur mon genou après s'être agenouillé devant nous.

— Il le faut, ajoute-t-il. *Les trois Mousquetaires*[13] ne sont invincibles que lorsqu'ils sont quatre.

_____

[13] *Les Trois Mousquetaires,* Athos, Porthos, Aramis et D'Artagnan dans l'œuvre d'Alexandre Dumas,

Charlie craque et plonge son visage dans mon cou, ses larmes chatouillant ma peau sous mon pull. Mon bras entoure son corps tremblant, Thomas prend sa main dans la sienne et nous restons ainsi quelques minutes, priant silencieusement que notre chevalier préféré s'en sorte sans séquelles.

Je suis le seul à voir les trois flics se diriger vers nous. C'est mon moment. À moi de dérouler mon meilleur rôle, celui pour lequel je suis le plus crédible. Aussi, à peine nous ont-ils interrogés sur les circonstances de l'accident et notre état d'ébriété qui l'a très certainement précédé, que je me lève après avoir soufflé un autoritaire *tu dis rien surtout à* Charlie. Tout est de ma faute. J'ai piqué les bouteilles dans le placard du salon et je suis le seul responsable. S'il arrive quelque chose à mon pote, je suis prêt à en payer les conséquences.

— On n'en est pas là, mon garçon. On veut juste s'assurer que c'était bien un accident et que vous n'avez pas été impliqués dans une bagarre, me répond calmement le plus costaud d'entre eux.

— Vous avez prévenu vos parents au moins ? nous lance son collègue.

— Oui Monsieur, répond Thomas à ma place. Ils arrivent.

Mon personnage commence à s'effriter. Je m'attendais à être malmené, à être la cible d'accusations, à devoir m'expliquer et me justifier. Alors j'ai enfilé ma carapace de gros dur mais qui espérais-je leurrer ? Moi-même sans doute. C'est plus facile de tenter de se faire passer pour un mec costaud, prêt à encaisser les coups, que de montrer à tout le monde à quel point je suis vulnérable en ce moment.

Plus je grandis et plus je me rends compte que je ne suis pas équipé pour devenir adulte. Quand je vois Thomas avoir de l'ambition, oser sans se poser de question et assurer à chaque fois qu'il se retrouve face à une difficulté, je me demande pourquoi moi je préfère tout gâcher plutôt que d'essayer ou pourquoi j'ai tendance à fuir dès que je suis mal à l'aise. Il est évident que je ne suis qu'un gosse empêtré dans un corps bien trop grand pour moi et personne n'est dupe. Je ne suis qu'un imposteur.

L'arrivée au pas de course les uns après les autres des parents de Thomas et Charlie, suivis de près par ceux d'Enguerrand qui s'empressent d'aller demander des nouvelles de leur fils, me renvoie à la particularité de mon existence. Mes parents ne se résument qu'à la vivacité d'un spermatozoïde et la fécondité de l'ovule qui l'a accueilli. Comment la rencontre d'une sorte de ver frétillant et d'une boule 300 fois plus grande pourrait-elle suffire à engendrer un être humain complet ? Je suis parfaitement monté tel un Légo. Il ne semble manquer aucune pièce. Pourtant, je réalise en les regardant s'enlacer qu'un élément essentiel me fait défaut. Une vis, une roue, la pile du moteur, quelque chose qui semble anodin, mais sans lequel rien ne tient.

Puis une main frôle mon dos, des yeux inquiets me scrutent et deux bras m'entourent. Les Kleiner sont venus. Eux aussi me demandent si je vais bien, si je ne suis pas blessé. Ils ne semblent même pas en colère. Personne ne pourrait imaginer en ce moment que je ne porte ni leur ADN, ni leur nom de famille. Ils partagent mes galères et je les trouve tout à coup bien plus parents que s'ils l'étaient vraiment. Ils ne sont obligés de rien et pourtant ils sont là. Et je ne suis plus si fragile tout à coup. Ce n'était pas de tomber qui m'inquiétait finalement, mais qu'il n'y ait personne pour m'aider à me relever. Je laisse la chaleur des bras de Marc m'envelopper et j'y puise la force dont j'ai besoin. Je lis dans les yeux d'Eve tout l'amour maternel que j'ai longtemps cru ne pas mériter. L'angoisse qui me ronge depuis des heures perd enfin de son intensité. Ils sont ma famille, aussi imparfaite soit-elle. Je n'ai peut-être plus besoin de faire semblant d'être invincible. Et c'est en acceptant de lâcher prise que je deviens finalement plus fort. Armé de cette cape de confiance que je sais temporaire, je n'hésite plus quand je vois Mme Dupré franchir la porte qui nous sépare des soins intensifs. Je la rejoins pour lui demander des nouvelles.

— Comment va Enguerrand ?

— Plus de peur que de mal. Il sort du scanner, il a un léger traumatisme crânien et il va être hydraté.

— Je suis désolé. Tout est de ma faute.

— A part si vous avez vous-même fait couler l'alcool dans sa gorge, vous n'êtes pas plus fautifs que lui. J'espère que ça lui servira de leçon. Et à vous aussi. Vous avez eu les bons gestes en le mettant sur le côté pour qu'il ne s'étouffe pas et en appelant rapidement les secours. On peut au moins vous féliciter d'une chose.

— C'est Thomas qui a eu les bons réflexes.

— On a été nuls, complète Charlie. Je sais pas ce qui m'a pris de...

— Boire autant, je la coupe avant qu'elle n'ait le temps de confesser que c'est elle qui a apporté les bouteilles.

Il est décidé d'un commun accord qu'une punition collective sera réfléchie par l'ensemble des parents, mais qu'il est temps pour le moment que chacun rentre chez soi.

— On peut le voir ? osé-je.

— On peut pas partir comme ça, ajoute Charlie.

— S'il vous plaît ! conclut Thomas.

Les parents d'Enguerrand échangent un regard et se dirigent vers le médecin qui est en train de compléter des formulaires. Après une longue minute de discussion, ils nous rejoignent.

— On a eu quinze ans nous aussi, commence Mr Dupré. Comme vous, on a cru qu'on était invincibles et qu'on pouvait assimiler des litres d'alcool et faire la fête sans risque. Je ne peux pas dire, là tout de suite, que je suis enchanté qu'Enguerrand soit ami avec vous. Il ne serait peut-être pas ici s'il n'avait pas fêté ton anniversaire Nicolas.

— Monsieur, je ...

— Mais en même temps, je ne suis pas sûr d'avoir eu des amis aussi proches que vous l'êtes tous les quatre. Alors pour tous les autres jours où je suis heureux de le savoir si bien entouré, allez-y.

Notre enthousiasme est aussi débordant que notre attente était figée.

— Merci, merci m'sieur, j'ai presque crié, en lui serrant la main après avoir rebondi sur place.

— Sans lui, on est bancal comme une chaise à trois pieds, on est un carré incomplet, on est…, tente d'expliquer Charlie.

— On est comme les trois Mousquetaires sans d'Artagnan, complète Thomas.

— J'ai compris le concept, s'amuse presque Mr Dupré. Vous avez cinq minutes et ne le brusquez pas.

— Promis, jurons-nous en levant les bras comme pour croiser des épées imaginaires.

Il est endormi quand nous arrivons dans sa chambre et toute la culpabilité qui m'avait légèrement abandonné me revient en pleine face. Son crâne est recouvert d'un pansement et un cathéter planté dans son bras le relie à une poche de solution glucosée à 10% comme je parviens à lire sur l'étiquette. Malgré les propos rassurants sur son état, c'est impressionnant de le voir ainsi. On voulait juste s'amuser un peu, s'enivrer pour se sentir plus libre. On n'avait pas prévu que le retour à la réalité serait aussi violent. On reste là sans bouger ni dire un mot, bien moins euphoriques que quelques heures plutôt.

— Je n'ai jamais tiré une tête d'enterrement dans une chambre d'hôpital.

Il a parlé les yeux toujours fermés, mais un grand sourire conclut sa phrase.

— Je vous obligerais bien à boire cul sec un verre de ce truc qui coule goutte à goutte, mais à mon avis c'est bien dégueu, ajoute-t-il en ouvrant les paupières. Ben quoi, arrêtez de me regarder comme ça. Détendez-vous les gars, je vais m'en remettre.

— On était super inquiets, tu t'es pas raté, chuchote Charlie en se rapprochant du lit et en effleurant le bandage.

— Comment tu te sens ? lui demande Thomas en s'avançant à son tour.

— J'ai l'impression que mes neurones font du trampoline là-haut et j'ai l'estomac en vrac, mais ça va. Je suis content de vous revoir.

— Je suis désolé mec, je murmure la voix tremblante.

— Faut pas.

— Si. C'est moi qui devrais être à ta place. Vous avez voulu me faire plaisir, vous êtes venus alors que ça fait des mois que je fais la gueule. Et moi je trouve rien de mieux à faire que de vous faire boire. Je vous entraîne toujours dans mes conneries et si Thomas n'avait pas assuré, qui sait ce qui aurait pu se passer.

— Nico, c'est moi qui ai apporté ces bouteilles et je te remercie de vouloir me protéger, mais je dirai la vérité demain, me coupe Charlie. T'es pas responsable de mon erreur.

— Et j'aurais pu dire non comme Tom, souffle Enguerrand.

— Arrête de croire que t'es la cause de tout, ajoute Thomas. On est tout à fait capable de se planter nous aussi. Et t'inquiète pas, c'est pas un truc contagieux que nous tu aurais refilé. Y'a un truc par contre dont tu es responsable. Si c'était pas pour toi, on n'irait sans doute plus sur cette plage. On y vient pour toi, mais aussi pour nous. Parce que c'est notre spot et puis parce que ton anniversaire, c'est le seul moment de l'année qu'aucun de nous ne veut rater. Je sais pas combien de temps on pourra encore s'y tenir et j'angoisse déjà de me dire qu'un jour, on sera trop loin les uns des autres pour se retrouver. Notre amitié, c'est ce qu'il y a de plus beau en chacun d'entre nous. Et tu en es responsable, tout autant que nous.

Je fais le tour du lit lentement en silence, ne sachant quoi répondre à cette tirade.

— Mec, t'es vraiment trop sentimental, lâche Enguerrand.

Nous éclatons de rire tous les quatre puis nous serrons nos mains pour former un cercle. J'observe l'horloge au-dessus du lit dont l'aiguille des heures s'apprête à rejoindre le douze et avant que la trotteuse n'indique la fin de cette journée, je les regarde tous et reprends la parole :

— Ne rien se promettre, mais s'autoriser à tout espérer.

Chapitre 3

Mardi 6 février 2001   18 ans

Dire Strait, *Romeo and Juliet*

7

J'aurais mieux fait de tourner sept fois ma langue avant de parler. Quel con ! Et encore c'est un euphémisme. M. David serait content de savoir que j'ai retenu ce mot. C'est bien le seul prof qui arrive encore à capter mon attention au lycée, le seul que je n'essaie pas de provoquer en tout cas. Je suis allongé à regarder les étoiles en espérant que l'une d'elles m'aspirera pour me ramener cinq heures plus tôt. Je donnerais tout pour effacer les larmes de Charlie que j'ai fait couler et qui sont comme figées dans ma rétine. Mes derniers mots tournent en boucle dans ma tête, tel un disque rayé par l'usure des remords. Je me refais le film pour tenter d'en modifier en vain la fin.

— Tu regardes quoi ?

— Rien.

— Tu regardes bien intensément ce rien…

Il était midi et j'observais l'horizon en me demandant si, au-delà, il y avait un autre monde, le monde réel. Je suis peut-être comme Truman[14] finalement. Il faut peut-être que je nage loin pour me heurter au mur construit autour de la bulle dans laquelle je vis. Derrière, se trouvent peut-être mes parents qui m'observent depuis le début après m'avoir vendu pour me transformer en cobaye de télé-réalité. Ce serait tellement plus simple si cela pouvait expliquer pourquoi je continue d'abîmer tout ce qui m'arrive de bien. Certains jours pourtant, j'y crois. J'ai tout de même réussi à accepter d'apprendre, comme si le théorème de Pythagore, les figures de style ou les évènements majeurs des guerres mondiales allaient nourrir mon cerveau et qu'il ne ressentira bientôt plus le besoin de rugir. J'apprends par cœur les sonnets de Rimbaud, dévore Maupassant, Stevenson ou Pouchkine. J'espère que la passion qui anime M. David chaque jour lorsqu'il parle de ces œuvres, va éclairer mes zones d'ombres. *C'est la beauté qui sauvera le monde*[15] ne cesse-t-il de répéter, lorsqu'il

---

[14] Truman Burbank, dans « *The Truman show* », 1998
[15] F. Dostoïevski, *L'Idiot*, 1868-1869

nous présente des tableaux de Delacroix, Le Cara-
vage ou Basquiat, des sculptures de Rodin ou des
photographies de Cartier-Bresson. L'ambition qu'il a
pour nos esprits embués par la rage me touche profondément. Je suis désespéré de voir voler des bou-
lettes de papier pendant ses cours quand ce ne sont
pas des paires de ciseaux ou des chaises. Je suis
démoralisé d'entendre des ricanements à la moindre
évocation d'amour dans un extrait lu ou à l'appari-
tion d'un corps nu peint projeté au tableau. Si seulement *l'art, la beauté véritable pouvait apaiser,
guérir et restaurer l'harmonie, fût-ce en dérangeant et
en secouant.*[16]

L'harmonie, je l'ai longtemps ressentie en
moi uniquement quand je rentrais chaque weekend
et rejoignais Thomas dans son garage pour jouer de
la batterie tandis qu'il m'accompagnait à la guitare.
Il ne se rend toujours pas vraiment compte du cadeau qu'il m'a fait il y a huit ans. La première fois
que je me suis assis sur le tabouret, que j'ai appuyé
sur la pédale de la grosse caisse et que j'ai donné le
premier coup de baguette sur une cymbale, ce fut
une évidence. J'ai passé des heures avec son père à

---

[16] Article de Fiodor sur le blog *un idiot attentif.*

apprendre les bases. Je me suis faufilé tous les jours chez eux pendant des années, même en leur absence, pour retrouver cette sensation de plénitude après avoir fait trembler le bois des toms et de la grosse caisse, suant d'apaisement.

Mais depuis quelque temps, on joue moins. Thomas commence à bosser pour s'assurer une mention au Bac avant d'intégrer la fac de médecine. Enguerrand est en sport étude au centre de formation de l'OM[17] et on ne le voit qu'à de rares occasions. Charlie, elle, passe tout son temps libre à peaufiner ses articles pour le journal du lycée dans l'espoir d'intégrer un cursus à Paris Dauphine qui pourrait ensuite lui ouvrir les portes d'une excellente école de journalisme. Et moi je ne sais toujours pas ce que je vais faire si j'obtiens mon Bac pro. Tous les profs disent que j'ai le potentiel pour viser une mention complémentaire en sommellerie. Pourtant, je n'arrive pas à me projeter, à me dire qu'il va bientôt falloir que je me débrouille tout seul. Les Kleiner ont promis de continuer à m'aider, mais rien ne les y oblige. Par provocation et par peur aussi, je ne cesse

---

[17] Club de l'Olympique de Marseille

de les défier ces derniers temps, comme pour les tester. Eve, celle qui est devenue ma demi-mère dans mon cœur a bien saisi mon manège et me rassure.

Et je fais pareil avec les copains. C'est plus fort que moi. La soirée déguisée organisée à l'automne a mal tourné quand j'en ai eu assez de les entendre discuter de leur avenir. Alors je me suis moqué de Thomas en lui disant que la pédiatrie n'était pas vraiment de la médecine, mais seulement un diplôme de mouchage de morve et de cacas débordants. J'ai vanné Enguerrand que j'avais hâte de voir jouer au Sporting club de Toulon avec ses deux pieds gauches. Et j'ai félicité par avance Charlie pour ses futurs papiers dans *Voici* ou *Pêche magazine*.

Je regardais donc ce rien, ce vide, dans lequel je risque de me perdre si jamais ils décident de lâcher l'affaire, de ne plus me supporter dans leur vie. Je leur en demande beaucoup, trop certainement. Je n'ai pas le droit sans doute de compter sur les autres pour avoir le sentiment d'être vivant. C'est une force qui devrait venir de l'intérieur. Mais là, j'avoue que je suis un peu à bout de souffle. J'en veux à mon cœur de battre à contretemps. J'en veux à mon âme de ne pas trouver la sortie du tunnel. J'en veux surtout à mon aire de Broca de se laisser contrôler par mon cerveau reptilien et de balancer tout ce qui lui vient à l'esprit, sans filtre, même si cela veut dire blesser les gens que j'aime et m'amputer chaque jour un peu plus de l'espoir de les garder à mes côtés. Pourtant, eux seuls sont ma bouée de sauvetage. S'ils ne sont plus là, qui m'empêchera de me noyer si jamais je décide de partir vérifier mon hypothèse ?

Je jetai un coup d'œil à ma droite et manquai une respiration : elle était tellement belle.

J'avais presque oublié à quel point, ou alors je m'étais moi-même imposé cette sorte d'amnésie. Depuis toutes ces années, je n'ai jamais osé lui révéler mes sentiments. Est-ce pour me protéger d'un éventuel rejet ou lui éviter de se perdre dans mes ténèbres ? Mais sentir son regard sur moi me troubla. Mes hormones adolescentes firent la java dans tout mon corps, plus spécialement dans mon entrejambe. Pour faire retomber la pression, je me levai et me rapprochai de l'eau pour notre rituel.

— Tu penses que tu vas y arriver cette année?

Je l'avais défiée en ramassant un galet bien plat.

— Prépare-toi mon ami, c'est aujourd'hui que tu vas devoir honorer ton dû, me répondit-elle avec une assurance dans la voix qui me déstabilisa.

Au troisième essai, elle fit rebondir le galet trois fois dans l'eau et c'est par des applaudissements que Thomas et Enguerrand nous rejoignirent.

— C'est moi qui t'ai entraînée aux dernières vacances et tu ne m'attends même pas pour me remercier de mon abnégation ? râla ce dernier.

— Mon maître tu resteras, je te le promets, ria Charlie en se jetant à son cou.

Je ne sus quoi penser de ce rapprochement, mais n'eus pas le temps d'y réfléchir que Thomas m'avait déjà rejoint pour me prendre dans ses bras :

— C'est le grand jour mec ! Aujourd'hui tu deviens un adulte. C'est cool de te revoir. Tu avais un peu disparu depuis la soirée d'Halloween.

— Je suis vraiment désolé de vous avoir un peu zappés ces derniers temps. Et je m'en veux tellement de ne pas avoir répondu à tes lettres Charlie, m'excusai-je.

— Des lettres ? interrogèrent d'une voix les deux autres.

— Il répondait plus au téléphone. Je me suis dit qu'il n'allait pas oser jeter à la poubelle un courrier sans l'avoir lu, essaya-t-elle de se justifier.

Elle sortit rapidement une bouteille de soda de son sac pour éviter que les garçons aient le temps de s'étendre plus sur cette révélation. Personne ne s'étonna du liquide que nous nous apprêtions à déguster. Il nous est arrivé de boire de l'alcool depuis cette fameuse nuit d'il y a trois ans. Mais jamais le jour de mon anniversaire.

— À Nico, notre ainé ! clama Thomas d'un ton très sérieux en me tendant un verre.

— Mais pas forcément le plus sage, ne pus-je m'empêcher d'ajouter.

— Sois pas si dur avec toi-même. *La route de l'excès mène au palais de la sagesse.*[18], affirma Charlie si naturellement que j'en fus d'autant plus estomaqué.

— *Le rugissement des lions, le hurlement des loups, la fureur de la mer en tempête et le glaive destructeur sont des portions d'éternité trop grandes*

---

18 William Blake, *Proverbes de l'enfer, Le mariage du ciel et de l'enfer,*1790

pour l'œil humain, complétai-je en ne cessant de la fixer.

Je parvenais pas à réaliser qu'elle venait de citer mon poème préféré.

— J'ai toujours peur que vous finissiez par en avoir marre de mes fêlures, continuai-je.

— Les fissures sont un moyen comme un autre de laisser entrer la lumière, me contredit-elle.

— T'as de la chance qu'on ne soit pas des humains ordinaires, me taquina Enguerrand. Parce que nous quatre c'est pour la vie, va falloir t'y faire.

— Pour l'éternité même, conclut Thomas levant son verre.

Pendant que Thomas et Enguerrand s'éclipsèrent, prétextant une envie pressante, je rejoignis le bord de l'eau, suivi par Charlie et je regrettais d'avoir seulement dix-huit ans et tout le manque d'assurance qui va avec.

— J'ai répondu, finis-je par articuler. J'ai rédigé des dizaines de lettres que je n'ai jamais envoyées, continuai-je, lisant l'incompréhension dans son regard. Je t'ai même écrit un poème, que j'ai raturé et brûlé finalement tellement il était naze.

— Je suis certaine qu'il était très chouette, souffla-t-elle. On ne peut pas citer Blake avec autant de justesse dans la voix et avoir une plume médiocre.

— Mes stylos sont un peu pourris à force de les bouffer, je t'assure que c'était pas beau à voir.

— Alors dis-le moi...

— Quoi ? je l'interrogeai, craignant cependant de très bien comprendre ce qu'elle me demandait.

— A défaut de me l'avoir envoyé, déclame-le.

— Je m'en souviens pas ! mentis-je.

— Un, je ne te crois pas et Deux, tu n'as pas le choix. J'ai le droit de te demander ce que je veux aujourd'hui.

— Les ricochets...

— Exactement. Un marché est un marché Nico.

Je commençais à paniquer un peu à l'idée de devoir autant me dévoiler quand les garçons hurlèrent derrière nous :

— Souffle vite ! C'est une vraie galère ce vent, m'ordonna Thomas, tenant un cookie géant agrémenté de dix-huit bougies.

— Attends, n'oublie pas ton vœu, dit Enguerrand, me stoppant dans mon élan.

Du courage, fis-je comme requête silencieuse avant d'éteindre les quelques bougies qui scintillaient encore. Puis Charlie me tendit un petit paquet que je m'empressai d'ouvrir pour y découvrir un dictionnaire français-espagnol.

— Gracias, remerciai-je en cherchant à comprendre la raison de ce cadeau.

— Il te sera utile cet été, m'expliqua-t-elle.

— Juste après les résultats du Bac, on part tous ensemble pour des vacances sur la Costa Brava. On a trouvé un appart super tout près d'une plage magnifique, précisa Thomas.

— A nous le chorizo, la sangria... commença à lister Charlie.

— Avec modération...

— Et les chicas et chicos, sans modération, plaisanta Thomas.

— Merci à tous les trois d'exister. Je sais pas ce que je ferai sans vous.

Cela fait deux ans qu'on évoque ce voyage sans avoir pu encore le réaliser. Encore une fois, ils avaient trouvé le cadeau idéal. C'était pile ce dont j'avais besoin pour me motiver à finir l'année et réussir mon bac. Pendant une heure, chacun à notre tour, on compléta la to do list des vacances avec des défis à relever pour pimenter le séjour puis Engué jeta un œil à sa montre.

— Désolé de casser un peu l'ambiance, mais il faut vraiment que j'y aille. Je décolle de Marseille dans trois heures.

— Merde pour demain mec ! l'encourageai-je. Saragosse, tenez vous prêt, le nouveau Zidane arrive !

— C'est qu'un test, vous emballez pas.

— Qu'est-ce qu'on a dit ? menaça Charlie.

— On part positif.

— C'est qui le meilleur ? l'interrogea-t-elle.

— C'est Dupré... répondit-il à voix basse.

— Plus fort! c'est qui le meilleur ? reprit Thomas.

— C'est Dupré ! clama Enguerrand.

Nous réalisâmes trois fois une mini ola tout en scandant son nom de plus en plus fort avant d'éclater de rire.

—Faudra que je te parle quand je reviendrai d'Espagne, me confia-t-il après une dernière accolade.

— C'est moins fun, mais moi j'ai cours de phy-sique à 14h, ajouta Thomas.

—Je reprends qu'à 15h, précisa Charlie. On peut rester un peu plus si tu veux, me proposa-t-elle.

On les regarda remonter le sentier et nous faire un dernier signe avant qu'ils ne disparaissent avec leur vélo pour rejoindre le centre ville. J'espérais un instant qu'elle ait oublié notre dernière discussion.

-— Je t'écoute.

— Charlie... soupirai-je en suppliant.

— Tu sais très bien que je lâcherai pas l'affaire Nico. Ça sert à rien de me faire cet air de chien battu, aussi charmant soit-il.

— Charmant hein ?

— Change pas de sujet ! Tu peux pas m'annoncer que tu m'as écrit un poème et espérer t'en tirer comme ça.

— T'es pénible. Tu le sais ça ?

— Oui, mais c'est pour ça que tu m'adores, rit-elle en me bousculant d'un coup d'épaule.

— T'es foutue !

Elle tenta de s'enfuir, mais je l'attrapai par la taille et la menaçai de la jeter dans l'eau glacée. Elle tenta de contrer mon attaque par des chatouilles dans le bas du dos. Cela me fit perdre l'équilibre et je m'effondrai sur elle. Nos rires résonnèrent jusqu'à ce qu'on se rende compte de la position dans laquelle nous étions désormais. J'avais rêvé des milliers de fois de me retrouver aussi proche d'elle et à chaque fois, le Nico fantasmé savait trouver les mots justes, avait des gestes sûrs et osait l'embrasser. Autant dire que la réalité me fit rendre compte de l'écart avec mon vrai Moi. Je n'osais plus bouger dans un premier temps, de peur d'être maladroit. Mais l'excitation physique qui se mêla à mon malaise fut comme un signal d'alarme. Je tentais de me relever quand je sentis son souffle se rapprocher puis ses lèvres se coller aux miennes. Elle saisit le col de mon manteau et m'attira vers elle.

Les heures qui ont passé depuis n'ont pas altéré le souvenir du parfum vanillé légèrement sucré sur son cou ni le goût de ses lèvres, saveur cookie, tellement doux et gourmand à la fois. C'était tellement parfait. Avant que je ne gâche tout, comme d'habitude.

Notre baiser s'intensifia. Sa main tremblante glissa sous mon pull. La mienne se dirigea vers sa cuisse, mais stoppa net, quand Charlie prononça ces mots :

— J'ai envie que ce soit toi !

— Tu veux quoi ? parvins-je à peine à formuler en me dégageant sur le côté.

— Nico, fais pas semblant de pas comprendre. Tu sais très bien de quoi je parle. Je suis prête et c'est avec toi que je veux le faire, ajouta-t-elle, se rapprochant à nouveau.

— Attends, attends Charlie. Qu'est-ce que tu fais ? On s'embrasse pour la première fois et toi tu me parles de…

— Tu veux pas de moi c'est ça ?

— J'ai pas dit ça ! Mais avoue que c'est un peu dingue. Comment tu peux me demander un truc pareil ?

— Parce que j'ai presque 18 ans Nico. Si ça continue, je vais être la seule fille du lycée à ne pas l'avoir fait. Mais surtout parce que…

— Parce que quoi Charlie ? Parce que tu pensais que j'allais te sauter, comme j'ai aucune morale ? Pourquoi tu t'offres pas à Enguerrand plutôt ? Vous avez l'air bien proches en ce moment, la coupai-je en le regrettant instantanément.

— Mais qu'est-ce que tu racontes ? Si tu avais pris ne serait-ce que deux minutes pour parler avec lui depuis la rentrée, tu saurais qu'il a fait son coming out auprès de nous et de sa famille, malgré toute la pression que cela implique pour un sportif de haut niveau.

Je restais quelques secondes le regard dans le vide. Je n'étais pas choqué de la nouvelle parce que ça fait quelques années qu'on avait de fortes suspicions, mais blessé d'avoir perdu sa confiance.

— Et cesse de chercher des excuses pour ne pas avouer que je suis pas ton genre. Tu préfères les pétasses comme Vanessa c'est ça ? me lança-t-elle après m'avoir jeté un regard noir. Tu t'es pas fait prier l'été dernier. Moi qui croyais qu'il y avait quelque chose entre nous...

— Vanessa ? Il s'est jamais rien passé avec Vanessa à part un smack ridicule au jeu de la bouteille. Charlie, c'est justement parce que je te respecte que...

— Ah oui, la fameuse tirade du respect. Épargne-moi tes arguments de pseudo gentleman tu veux bien. Pourquoi tu n'avoues pas simplement que c'est moi le problème ? Ce serait plus honnête.

— Ben ouais c'est toi le problème Charlie, ripostai-je. C'est ça que tu veux entendre ? J'ai pas du tout envie de coucher avec toi. Ça me dégoûte rien que d'y penser, c'est plus clair là? balançai-je en criant d'un ton froid.

Je pris ma tête dans mes mains, honteux d'avoir pu être aussi dur, et surtout d'avoir menti avec autant de conviction. Quand mon regard se posa de nouveau sur elle, elle tentait désespérément de refouler ses larmes. Je l'observai sans vraiment comprendre comment on avait pu en arriver là. Elle renifla, s'essuya le visage avec sa manche et plongea une dernière fois ses yeux dans les miens avec une colère que je n'y avais jamais vue auparavant.

— Très clair, se contenta-t-elle de me répondre.

Puis, elle attrapa son sac à dos et partit en courant en direction du sentier.

— Charlie, hurlai-je une dernière fois, conscient que ça n'allait pas l'arrêter.

Depuis ce dernier échange, je suis resté sur la plage avec la mer comme seul témoin de mon introspection bien inutile. A quoi bon ? Ce n'est pas comme si je pouvais retirer tout ce que j'ai dit. Aucun scénario d'excuse ne suffira à rattraper les horreurs que j'ai prononcées. Maintenant que la nuit est tombée, fuir loin sans jamais revenir me semble la seule option sensée. Charlie ne m'adressera plus jamais la parole. Les mecs non plus quand ils l'apprendront.

— Du courage. J'avais demandé du courage. Pourquoi tu m'as pas aidé un peu pour une fois ? Ben répond. Pourquoi t'as rien à dire ?

J'ai interpellé le ciel, comme si seul un pouvoir divin ou surnaturel pouvait être responsable de tout ce merdier. Je me dis souvent que je ne suis qu'un pantin, que jamais je ne serai vraiment maître de ce corps et de cette âme qui me servent de costume. A chaque fois que je reprends espoir, que j'ai le sentiment que la roue va tourner, c'est comme si j'étais frappé par un sort démoniaque qui me prive de tout contrôle. D'habitude, j'encaisse, je relativise en me disant que la personne que j'ai blessée n'est que de passage dans ma journée, que dans quelque temps, elle m'aura oublié et que ce n'est pas si grave. Mais pas cette fois. Aujourd'hui, j'ai tiré à bout portant sur quelqu'un qui compte pour moi et que je ne peux pas imaginer en dehors de ma vie. J'ai demandé un peu de courage pour oser lui dire ce que je ressens et c'est en lâche que je me suis comporté.

— Parce que tu peux pas attendre du vide qu'il vienne excuser tes conneries.

Thomas me rejoint au bord de l'eau et s'assoit à côté de moi.

— Tu t'es surpassé sur ce coup-là mec, commence-t-il. Charlie ! On parle de Charlie là Nico.

— Je sais.

— Tu sais rien du tout. Tu vas m'écouter et tu vas faire exactement ce que je vais te dire.

— Y'a rien à faire Tom. C'est mort.

— Ça c'est que tu seras pour nous tous si tu continues à jouer au con. Je te promets que je pensais vraiment pas qu'il pouvait y avoir une date limite à notre amitié, mais là t'as dépassé les bornes. Alors tu la fermes et tu me laisses parler.

J'opine de la tête pour simple réponse, bien conscient qu'il a raison et que je peux déjà m'estimer chanceux qu'il soit venu jusqu'ici pour me parler. Il prend le temps de réfléchir et j'espère juste qu'il saura comment me sortir de ce chaos.

— Bon. Il va falloir croire en la magie parce que seul un miracle peut te sauver là. Tu vas aller chercher en toi une autre baguette que celle que tu as l'habitude de tenir dans les mains et tu vas aller la voir en espérant trouver la bonne formule. Tu savais que le terme *Abracadabra* pourrait venir de l'expression araméenne *évra kedebra* qui signifierait *Je créerai d'après mes paroles* ? Tu lui as balancé le pire truc qu'on puisse dire à une fille. Va falloir que tu te débrouilles pour trouver l'antidote. Mais c'est pas moi qui vais pouvoir t'aider. On ne va pas se la jouer Cyrano. Charlie mérite que tu arrêtes de tout défoncer sur ton passage parce que t'as peur que ce soit les autres qui te détruisent. Je sais que c'est dur Nico. Je me doute que ce qui s'est passé cet aprem entre vous deux t'as paru tellement inconcevable que tes mécanismes de défense ont tout fait foirer. Mais le courage, c'est pas au néant qu'il faut le réclamer, c'est à toi-même. Encore faut-il que tu acceptes un jour que t'es pas une merde. Tu crois vraiment que j'aurais choisi une grosse bouse comme meilleur ami ? Tu crois vraiment que Charlie serait tombée amoureuse du pire des excréments ?

— C'est bon arrête avec les métaphores, j'ai saisi. Mais elle ne l'est pas...

— Parce que tu crois qu'il n'y a que toi qui peux être maladroit quand il s'agit d'exprimer ses sentiments ? Elle s'y est pris comme une quiche, là on est d'accord. Elle a été hyper maladroite, sans aucun doute. Mais est-ce que tu lui as laissé le temps de s'expliquer au moins?

— Non. J'ai vidé le chargeur direct.

— La seule lueur d'espoir, c'est que je pense qu'elle a une capacité d'écoute supérieure à la tienne. Tu vas aller la voir et cette fois, tu t'assures que les mots qui sortent de ta bouche correspondent à ce qui se trame dans ce cerveau.

— Et si j'arrive pas à lui parler ?

— C'est pas une option ça.

— Et si ça ne suffit pas ?

— Tu auras tenté.

Il est 20h quand j'arrive devant la maison de Charlie. La lumière de sa chambre est allumée. Je reste quelques minutes dans le jardin, puis je l'aperçois. C'est sans doute cela qu'a ressenti Roméo, observant sa Juliette avant qu'elle ne le découvre. Je ne peux pas reculer. Je ne veux pas attendre de mourir comme Cyrano pour enfin oser lui dévoiler mes sentiments. J'attrape un caillou et vise sa fenêtre. Le premier lancer passe trop haut, le deuxième cogne le volet, le troisième fait vibrer les carreaux. Elle jette un œil à l'extérieur et le vert de ses yeux est encore inondé de tristesse. La scène semble avoir été mise sur pause et je prie une dernière fois les cieux d'appuyer sur une touche qui lancera le bon programme. Dans un dernier effort, je tente le tout pour le tout et me concentre sur la poignée de la fenêtre pour essayer de l'ouvrir par ma pensée. Je ferme les yeux, implorant de disparaître si elle refuse de me parler.

— Qu'est-ce que tu veux ? Tu m'as tout dit non ?

Sans attendre plus longtemps au risque de la perdre à jamais, j'abandonne mes mots à sa merci :

J'ai le cœur qui boite,

Qui palpite en crissant.

J'ai l'âme qui erre,

Qui cherche son étoile.

Mon corps est un amas de cendres,

Noyé sous tes larmes.

Je n'ai qu'un espoir,

Que mon regard parle pour moi.

Pour qu'il cesse d'être orphelin,

Toi seule peux adopter mon pardon.

Elle referme la fenêtre et m'offre la plus belle des réponses : son sourire.

Chapitre 4

Dimanche 6 février 2005   22 ans

JJ Cale, *Cocaine*

50.

J'attends, mon sac de fringues à la main, appuyé contre le mur de l'immeuble dans lequel j'habite depuis deux mois. Deux mois d'enfer et de renaissance. Deux mois de douleur, de doutes, d'espoir. Deux mois à tenter de rompre définitivement avec C, perverse narcissique de 50mg.

Il était 8h06 le lundi 6 décembre 2004. Je venais de m'affaler sur le siège d'une rame de métro parisien. Mon regard avait croisé celui d'une vieille femme qui commençait sa journée alors que je finissais la mienne, après trente heures de concert et de défonce aux teintes or maltée et blanche poudrée. Elle avait sursauté puis m'avait détaillé entre deux stations, un sourire triste aux lèvres.

— Prenez soin de vous jeune homme. Il vous reste trop à vivre pour déambuler ainsi tel un mort-vivant, m'avait-elle dit d'une voix douce avant de sortir.

J'étais descendu trois stations plus loin, à celle de Maubeuge-Rochechouart et j'avais titubé pour rejoindre au plus vite mon appartement. Les enfants effrayés que j'avais vus se cacher derrière les jambes de leurs parents, cartable sur le dos, et les moqueries des plus grands qui patientaient devant l'école Turgot, avaient fini de me renvoyer en pleine face ce qu'était devenue ma vie, ma survie plutôt.

J'avais rejoint le 5 avenue Trudaine, et m'étais effondré par trois fois sur les marches des escaliers en grimpant tant bien que mal les six étages. J'avais ouvert la porte juste à temps pour traverser les 17m2 de mon studio et remplir la cuvette des toilettes d'une bile désespérément trouble. La seule nourriture qui était venue remplir mon estomac depuis deux jours était de la bière fade. Mon cerveau quant à lui, avait été gavé régulièrement de cocaïne, par doses de 50mg. Comme d'habitude, j'avais méticuleusement pesé au gramme près chaque ligne aspirée, pour tenter de me persuader que c'était moi qui la contrôlais. Je tenais encore dans la main le tube de papier qui avait servi de paille pour sniffer jusqu'au dernier grain la seule chose qui me faisait encore sentir vivant. Mais cette amante infidèle, qui aimait s'offrir aussi à mes partenaires de débauche, prenait un malin plaisir à claquer la porte de mon corps au bout de quelques heures, emportant avec elle ses douces promesses d'un monde meilleur.

La plupart du temps, je la trompais pourtant avec son cousin. Mon quotidien n'était plus qu'un abandon cannabique, mais, C, telle que je la surnommais, était bien trop jalouse et tyrannique pour me laisser vivre sans elle. Je tentais de lutter, ne sachant que trop qu'elle me consumait jour après jour. Mais les fugaces jouissances qu'elle provoquait en moi, réveillaient toutes les molécules d'un corps en manque. Sans elle, je ne ressentais rien. J'étais devenu l'esclave de cette Comtesse blanche aux pouvoirs magiques, celle qui déjoue les lois du monde tel que le connaissent les hommes qui n'ont pas succombé à ses charmes. Elle seule m'ouvrait les portes du monde caché, celui enfoui au fond de mes entrailles, celui auquel mon cerveau ne pouvait accéder que grâce aux tunnels qu'elle venait éclairer. Tel un homme amoureux qui attend sa dulcinée sur le quai d'une gare, je vibrais, impatient, non pas de la voir courir et se jeter à mon cou, mais qu'elle libère enfin son doux poison dans tous les méandres de mes synapses. Et l'univers parallèle que je découvrais, dès lors que dopamine, sérotonine et noradrénaline[19] pouvaient s'accumuler librement, apportait un peu de répit dans la déprime de mon quotidien. L'euphorie tant attendue m'offrait la légèreté et l'apaisement que mon corps cherchait en vain le reste du temps. Tous mes sens explosaient et je me défoulais, désinhibé, sur les rythmes rocks ou électroniques.

Comme à chaque fois, le crash fut violent. En me relevant, épuisé, j'eus l'impression de voir un fantôme dans le miroir qui me faisait face et l'envie de lui envoyer un crochet du droit pour briser son visage d'ange de la mort avait fait éclater le verre et couler mon sang. En cherchant de quoi soigner ma blessure, c'est son flacon de parfum que j'avais découvert, presque vide. Elle avait dû se dire en partant qu'elle en rachèterait un autre. Mais il en restait bien assez pour venir contrecarrer les plans de la "dysrégulation hédonique" qui m'attendait. La fragrance fleurie qui s'en dégagea vint jouer des tours

---

[19] neurotransmetteurs liés au bien-être

à mon cerveau, comme si notre dernier échange venait de se dérouler et qu'elle venait juste de quitter l'appartement, sa valise pleine et le cœur vide.

Quelques mois plus tôt j'avais définitivement sombré. Nous venions pourtant de fêter nos deux ans avec Charlie.

J'avais ramé des semaines après mes dix-huit ans, mais elle avait fini par m'adresser à nouveau la parole. Nous avions tout doucement retrouvé notre complicité et j'avais profité de son anniversaire le 28 avril pour l'entraîner dans le jardin :

— Je suis désolé de ne rien t'avoir offert, m'étais-je excusé.

— C'est pas grave, je comprends que tu n'aies pas trouvé le temps.

— Non tu comprends pas. J'ai rien pu acheter parce que j'ai rien trouvé qui soit assez bien pour toi. J'ai beau chercher, rien de ce que je peux t'offrir ne sera suffisant.

— Suffisant pour quoi ? m'avait-elle interrogé.

— Pour te montrer à quel point tu comptes pour moi. Tu mérites tellement mieux que ce que j'ai les moyens de t'acheter.

— Tu as raison, avait-elle acquiescé. Tu ne trouveras jamais rien qui pourra correspondre à ce que je veux vraiment.

— Ouch, un peu violent cette triste vérité. Mais je suppose que je l'ai bien méritée celle-ci, avais-je admis, bien penaud, en fixant le sol.

— C'est toi qui ne comprends pas cette fois. Tu trouveras jamais rien qui puisse surpasser ce dont j'ai vraiment envie. Tout simplement, parce que c'est toi que je veux. C'est d'être avec toi qui serait le plus beau cadeau.

J'avais relevé les yeux pour vérifier que c'est bien à moi qu'elle s'était adressée. J'essayais de me persuader que je n'avais pas rêvé, qu'elle venait bien de dire à haute voix ce que je m'entraînais à lui avouer toutes les nuits dans mes rêves. Mais elle avait repris la parole sans que je sache vraiment depuis combien de temps je la fixais en silence.

— Mais je crois que c'est clair maintenant que c'est pas prêt d'arriver. Tu me dis que tu tiens à moi, mais pas de la manière dont je le voudrais. 18 ans, c'est un bon âge pour arrêter de rêver je suppose, avait-elle soufflé d'une voix si triste que mon cœur avait semblé rater une pulsation.

Elle avait pris une grande inspiration et s'était tournée pour se diriger à l'intérieur. La voir s'éloigner m'avait donné la force qui me manquait jusque-là. Je ne pouvais pas la laisser partir, pas cette fois. Je l'avais rattrapée tandis qu'elle montait la première marche de l'escalier, avais saisi son bras pour la faire se retourner face à moi et l'avais embrassée. Vite et mal. Trop pressé de pouvoir goûter à nouveau à la douceur de ses lèvres. J'allais m'excuser de ma maladresse quand elle m'avait souri, d'un sourire à transformer le plus blasé des cyniques en le plus naïf des rêveurs. Je m'y serais bien noyé moi, aspiré dans les profondeurs de son âme. Elle était ma sirène et j'avais cru trop longtemps que son chant mélodieux allait m'asphyxier alors que lui seul pouvait au contraire me maintenir en vie.

— Je veux pas que t'arrêtes de rêver. Je veux qu'on rêve ensemble, étais-je parvenu à lui confier.

— Et ben c'est pas trop tôt, avait prononcé une voix depuis l'intérieur.

Enguerrand et Thomas étaient en train de nous observer, accoudés au rebord de la fenêtre. Charlie avait ri avant de passer une main derrière ma nuque et s'était rapprochée de mon visage. Elle avait d'abord effleuré mes lèvres, avait plongé ses yeux verts dans les miens comme pour s'assurer que je pensais vraiment ce que je venais de lui dire, puis elle m'avait embrassé comme si sa vie en dépendait. J'avais répondu par un doigt d'honneur aux cris de joie que les deux voyeurs clamaient entre deux applaudissements et m'étais à mon tour abandonné à sa bouche.

Je n'ai quitté ses bras et ses draps que pour assurer le minimum vital au lycée les semaines suivantes. Elle squattait sans cesse mon esprit et un bout de mon cœur faisait l'école buissonnière pour rejoindre celui qui le faisait battre.

La lune de miel dura au-delà du lycée. Tous deux bacheliers, nous avons migré sur Paris. J'avais décidé de m'accorder un an pour trouver vraiment ce que je voulais faire tandis qu'elle avait rejoint les bancs de l'université Dauphine avec pour ambition d'intégrer l'IPJ[20] à la fin de sa licence. J'avais enchaîné les p'tits boulots jusqu'à ce que le patron de la Baguetterie[21], où je passais tout mon temps libre, m'avait finalement proposé de rejoindre l'équipe. J'avais pris l'habitude de conseiller des clients à la recherche de batterie ou baguettes et Fred avait été bien embêté un jour lorsqu'un client avait réclamé à me parler. Il m'avait proposé un CDD de trois mois qui s'était transformé en CDI. Thomas avait été pris à la Sorbonne pour préparer le concours d'entrée en médecine. Nous avions hésité à trouver une colocation tous les trois, mais il avait eu peur de ne pas pouvoir se concentrer assez et il avait préféré prendre une chambre étudiante proche de la fac. Malgré l'exigence de cette première année, nous parvenions à nous retrouver une fois par semaine pour répéter ensemble. J'allais moi-même le chercher quand il ne décrochait pas de ses bouquins, conscient que c'était la seule respiration qui rythmait ses semaines et lui permettait de ne pas craquer.

Cette première année parisienne s'était conclue par sa réussite au concours, la validation de la pre-

[20] Institut Pratique du Journalisme.
[21] Magasin des batteurs et des percussionnistes.

mière année pour Charlie et ma décision de continuer à travailler dans l'univers de la musique en donnant des cours en parallèle de mon boulot au magasin. Enguerrand nous avait rejoints quelques jours pour nous annoncer qu'il venait d'être recruté par le club de Valence en Espagne. Son rêve se concrétisait et il n'avait pas cessé de nous vanter le talent de Ronaldo, Patrick Kluivert ou encore Samuel Eto'o[22]. Nous avions tous acquiescé et partagé sa joie quand bien même nous ne les connaissions pas. Lui aussi faisait parfois semblant de nous écouter quand nous parlions de Brian May, Jimmy Page[23] ou encore Joey Jordison et Ginger Baker[24].

Nous avions chacun notre univers et pourtant notre amitié était toujours aussi forte. Thomas en avait profité pour nous présenter Clémence ce weekend-là. Elle était à la fac avec lui et les heures passées à réviser ensemble les avaient rapprochés. Charlie avait été ravie de pouvoir compter sur une présence féminine dans la bande et nous avions tous passé l'été en Espagne afin d'accompagner Enguer-

---

[22] Joueurs de la Liga espagnole
[23] Guitaristes de Queen et Led Zeppelin
[24] Batteurs célèbres

rand le temps de s'habituer à sa nouvelle vie. Il assumait désormais complètement son homosexualité et nous avions eu du mal à suivre le nombre de conquêtes d'un soir qui s'éclipsaient le matin sans s'attarder pour le petit-déjeuner.

Je me souviens du sourire qui ne m'a pas quitté cet été là. J'ai encore sur moi une photo de nous quatre, heureux lors de notre dernière soirée sur la plage de la Devesa. C'est presque imperceptible mais une nuance se lit sur le mien comme une prédiction de ce qui allait suivre.

Je n'ai jamais pu dire exactement quand tout a basculé au psy qui m'a suivi ces deux derniers mois. Deux dates sont malgré tout figées dans ma mémoire : le 14 juin 2003 et le 6 décembre 2004. La première marque le départ de Charlie et la seconde ce fameux jour où j'ai décidé qu'il fallait que je rompe avec l'autre C. Mais en vérité, ma descente aux enfers a été lente et sournoise.

A l'automne 2002, J'ai commencé à accompagner les collègues du magasin à des concerts et festivals et je pensais maîtriser ma consommation de cannabis. Mais petit à petit, je n'eus plus besoin de l'ambiance festive et de mes compagnons de fumette pour me rouler un joint. J'en proposais parfois à Charlie les soirs, mais rapidement, ils précédaient le café, me servaient de coupe faim avant midi, de goûter et d'apéro. Parallèlement, j'ai commencé à arriver en retard au boulot, j'ai oublié de faire les courses, je suis devenu agressif. Las d'entendre Thomas m'expliquer les conséquences que cela pouvait avoir sur mon cerveau, j'ai commencé à zapper nos répétitions. Honteux de me confronter au regard déçu de Charlie, je rentrais de plus en plus tard pour être certain qu'elle dormait déjà. Elle était partie pour la fac bien souvent lorsque j'émergeais le lendemain. De temps en temps, je sentais son corps me fuir lorsque je la rejoignais dans la nuit. Quand mes bras l'écœuraient, mon cœur s'embrasait. Je me ressaisissais quelque temps en la surprenant à la sortie de l'amphi un bouquet à la main ou en l'accueillant le soir avec un repas aux bougies et un tablier pour seul vêtement. Mais je repris rapidement mes mauvaises habitudes.

Par contre, je n'ai aucun souvenir de ma première rencontre avec C. Je sais juste que c'était au printemps suivant. J'avais simplement été curieux, persuadé que cela resterait une expérience unique.

Mais la semaine suivante, quand j'ai vu la ligne se dessiner sur un coin de table, j'ai voulu retrouver le frisson ressenti la première fois. Je tombais amoureux malgré moi et C me le rendait bien. Au début, cela a même boosté notre couple avec Charlie. Je revenais de soirée particulièrement excité et mon appétit sexuel la comblait. Jusqu'à ce qu'elle trouve un petit sac de poudre blanche au fond d'une poche de jean. Elle avait compris que nos ébats n'étaient que l'explosion finale de préliminaires solitaires.

Elle avait appelé Thomas pour une intervention. Je les avais trouvés tous les deux installés sur le canapé à m'attendre, la table basse recouverte de prospectus variés sur les dangers des psychotropes et les lieux d'accueil sur la capitale pour sortir de l'addiction. J'avais ri dans un premier temps, en tentant de les rassurer, puis m'étais mis en colère quand ils m'avaient demandé si j'en avais sur moi. Charlie avait fondu en larmes et je les avais finalement écoutés. Thomas avait lu quelques témoignages d'anciens cocaïnomanes.

L'entendre verbaliser exactement ce que je ressentais à chaque défonce m'avait fait prendre conscience qu'il était temps que j'essaie d'arrêter pour sauver mon histoire avec Charlie. J'avais jeté dans les toilettes le sachet qui trainait dans ma veste. Thomas avait proposé de m'accompagner dans un service adapté de désintox, mais j'avais réussi à les persuader que je pouvais y arriver seul. J'avais ensuite passé dix jours au fond de mon lit, à vomir et trembler comme jamais auparavant. Mais des litres de café et des tonnes d'amour avaient suffi pour me faire passer l'envie.

J'avais ensuite repris le chemin du boulot, confiant, convaincu qu'on ne m'y reprendrait plus. J'avais fui les concerts et les soirées quelque temps pour éviter d'être tenté. J'avais déjà le pressentiment sans doute que pour rompre avec la drogue, il fallait rompre avec mes habitudes : du terrain de jeu nocturne, de l'odeur fauve des salles dans lesquelles résonnaient des riffs entêtants et des goûts houblonneux de verres trop vite remplis par des tentateurs au sourire amical. Mais j'avais surestimé ma force et crié trop vite victoire. J'aurais dû me méfier. C ne s'était pas déclarée vaincue et en stratège hors pair, elle avait regagné du terrain petit à petit. Elle s'était immiscée dans mes pensées en se mêlant aux conversations avec de nouveaux partenaires de jeu au magasin.

Un soir, j'avais accepté de me joindre à une invitation chez l'un d'entre eux pour une démonstration de batterie. J'avais rassuré Charlie qui pouvait même me rejoindre si elle le souhaitait, mais elle m'avait fait confiance. Elle n'aurait pas dû. La soirée avait pourtant commencé tranquillement. J'étais installé sur le tabouret, armé de mes baguettes, protégé des tentations par mon mur de percussions. Je n'avais accepté qu'une bière et exécutais chacune des requêtes que le public me réclamait de jouer. Mais j'avais dû abandonner mon fort quelques minutes pour un contrôle technique dans les toilettes et à ma sortie, la place était prise. Des guitares et basses avaient été dégainées et un concert s'était improvisé. Je m'étais rapproché de la fenêtre pour tenter de ne pas me laisser toucher par une taff perdue et respirer l'air extérieur, aussi impur soit-il en plein Paris, plutôt que de laisser le brouillard épicé venir chatouiller mes poumons. J'avais finalement battu en retraite quelques instants dans la salle de bains. Je m'étais aspergé d'eau froide pour faire retomber la pression et j'avais jeté un œil dans le miroir pour y voir l'homme que Charlie méritait que je sois. Puis j'étais ressorti, prêt à traverser le champ de bataille en mode furtif pour ne pas me faire repérer par l'ennemi. Mais je m'étais fait prendre par surprise. Une jeune femme s'était brutalement retournée et avait soufflé à quelques millimètres de ma bouche les vapeurs de la cigarette améliorée qu'elle tenait encore dans ses mains et qu'elle plaça entre mes lèvres sans que j'ai le temps de réagir. J'avais encore le choix je sais. J'aurais pu la lui rendre, la cracher sur le sol et m'enfuir. Mais sentir le papier humide chatouiller ma langue et les effluves remonter de ma cavité nasale jusqu'à mes récepteurs olfactifs me fit perdre mon bouclier imaginaire. Instinctivement, ma bouche se referma et tira sur le joint. J'avais tellement lutté que le plaisir n'en fut que plus percutant.

J'avais pourtant eu un sursaut de lucidité. J'avais quitté la soirée et j'étais rentré. J'avais pris une longue douche pour tenter d'éliminer de mon corps toute preuve qui aurait pu me trahir et j'avais rejoint Charlie dans notre lit. Elle m'avait observé et avait souri, rassurée sans doute de voir à mon regard clair qu'aucune substance n'avait contaminé mon corps, pas suffisamment pour que cela soit visible en tout cas m'étais-je rassuré. Je m'étais shooté à son odeur pour combler le manque. J'avais caressé son corps pour faire cesser les tremblements de mes mains. J'avais embrassé ses lèvres pour me convaincre qu'elles étaient lcs seules douceurs dont ma bouche avait besoin.

Mais dès le lendemain matin, j'avais trouvé quelques grammes de marijuana dans une planque secrète que je n'avais pas totalement déminée la dernière fois. J'étais resté assis longtemps à observer les quelques feuilles et je savais que le choix que j'allais prendre serait déterminant. J'étais parti travailler finalement et ce n'est qu'en fin d'après-midi, fatigué par une grosse journée au magasin et une prise de tête avec Fred que j'avais senti de nouveau le sachet dans ma poche de veste. J'avais marché jusqu'au square Nadar au pied du Sacré Cœur. Je m'étais installé sur un banc devant la statue du Chevalier de la Barre, me demandant si j'aurais eu son courage, lui qui avait été torturé et exécuté à mon âge[25]. Je m'étais trouvé ridicule tout à coup. Il s'était battu pour ses convictions. Mon dilemme n'avait rien d'aussi tragique que sa destinée. Que pouvait-il arriver de si terrible ? m'étais-je interrogé. Au pire, Charlie se rendrait compte que je m'étais

---

[25] Chevalier de la barre (1745 - 1766) En plein siècle des Lumières, à Abbeville, Il fut torturé et décapité à 20 ans pour « ne pas avoir salué une procession ».

remis à fumer et soit je parvenais à réguler ma consommation, soit j'arrêtais tout. J'en avais été capable une fois, je pourrais recommencer. Et surtout, j'étais persuadé que plus jamais je ne me laisserai tenter par C. J'avais allumé la cigarette et l'avais savourée jusqu'à m'en brûler les doigts.

J'avais réussi à gérer pendant quelques semaines, à me restreindre à deux joints par jour. Charlie ne se doutait de rien et ma dose journalière me suffisait.

Mais un soir de février me fut fatal. Les Red Hot Chili Peppers donnaient un concert à Paris Bercy et nous n'aurions raté cette soirée pour rien au monde avec Thomas. Dopé par l'énergie du groupe et les solos incroyables sur *Scar Tissue* et *Parallele Universe*[26], je n'avais ressenti aucun manque pendant le show. A la sortie, nous avions croisé mes anciens comparses nocturnes sur l'esplanade. Ils nous avaient proposé de se rendre au magasin de musique pour continuer à échanger sur la performance des Chilis tout en reprenant leurs tubes. Thomas avait décliné, prétextant une journée chargée en TP à la fac le lendemain. Je les avais suivis, déterminé

---

[26] Album *Californication,* 1999

à ne me laisser enivrer que par l'ambiance et la musique. Mais les canettes de bières s'étaient enchaînées sans que je ne m'en rende vraiment compte et mon stock d'herbe était parti rapidement en fumée. J'avais baissé ma garde et C en avait profité pour me mettre un uppercut déguisé en caresses. Elle m'avait fait de l'œil, puis avait disparu dans le corps de mes rivaux avant de réapparaître quelques minutes plus tard, encore plus diaphane que dans mes souvenirs. La voir m'échapper était devenue insupportable. Je l'avais désirée plus que jamais et n'avais pas eu d'autre choix que de céder à la tentation.

Je m'étais réveillé dans le canapé du bureau de Fred, la tête dans les nuages et le corps en vrac. Mon portable avait vibré et j'avais découvert les messages que Charlie m'avait envoyés depuis plus d'une heure. J'avais paniqué et appelé Thomas pour qu'il me couvre. *Si Charlie appelle, j'ai dormi chez toi !* avais-je laissé sur son répondeur la voix rauque. J'avais ensuite rassuré Charlie en lui envoyant un sms. Premier mensonge d'une longue série...

Elle n'avait pas semblé voir au début les petits détails qui montraient que j'avais replongé. Elle avait ses partiels de fin d'année qui approchaient et sans doute s'était-elle voilée la face pour se protéger. Ou peut-être avait-elle gardé espoir que l'amour que je lui portais serait plus fort que l'addiction qui grandissait en moi. En tout cas, c'est ce que moi j'espérais. Je découchais de plus en plus, pensant qu'il valait mieux la protéger du zombie que j'étais en train de devenir, de peur aussi que le mal qui me rongeait petit à petit puisse la contaminer à son tour. Je me détestais d'être aussi faible et étais devenu invivable. C'est comme si je faisais tout pour qu'elle finisse par me détester. Je ne pouvais plus supporter qu'elle puisse continuer de m'aimer, elle si pure, moi si abject.

Le 14 juin 2003, elle était rentrée de sa dernière épreuve et m'avait confronté.

— Je connais déjà la réponse, mais j'ai besoin de te l'entendre dire, avait-elle commencé. Tu as replongé n'est-ce pas ?

— Oui.

— Tu me mens depuis le concert des Red Hot ?

— Oui.

— Et tu n'as pas l'intention d'arrêter cette fois ?

— Je ne sais pas si j'en aurai la force, avais-je avoué après quelques secondes.

— Il va le falloir pourtant.

— Sinon ?

— Sinon tu me perdras. À toi de voir ce que tu es prêt à perdre. Cette merde ou moi. Je t'aime, très fort, mais je ne peux pas être en couple avec « ça », avait-elle ajouté en me désignant. C'est pas toi ça.

Je n'avais pas su quoi répondre. J'avais essayé de chercher les mots qui auraient pu la rassurer, mais la vérité c'est que j'avais perdu tout espoir sur ma capacité à sauver notre histoire depuis long-temps.

— Il parait qu'un vrai couple ça commence au bout de trois ans, avais-je fini par lâcher.

— Et avant c'est quoi ?

— Une comédie romantique. Mais on n'est pas dans un putain de conte de fée Charlie. Même si tu m'embrasses, je serai toujours un enfoiré de cra-paud demain matin. Je peux pas t'offrir ce que tu mérites, je t'avais prévenue.

Elle avait pris le temps d'encaisser, m'avait ob-servé en silence puis avait conclu :

— Je vais fermer les yeux et prétendre que les quinze dernières secondes de cette conversation n'ont jamais eu lieu. Et quand je les ouvrirai, tu me diras que tu ne penses pas ce que tu viens de dire et je saurai que tu as toujours foi en nous et que tu vas te battre.

Elle avait clos ses paupières et j'étais resté quelques secondes à l'observer, bien trop belle, bien trop parfaite pour moi. Puis, sans un bruit, j'avais quitté l'appartement avant que le compte à rebours ne soit terminé. Le lendemain matin, elle m'attendait, les yeux cernés et humides, sa valise posée près de la porte.

— Je pars à New-York à la rentrée pour finir ma licence. Je pourrai pas y arriver si je dois m'inquiéter chaque seconde pour toi. Alors, je prends la décision la plus difficile de toute ma vie. Je te quitte par amour, m'avait-elle calmement dit avant de m'embrasser sur la joue. Thomas a pour mission d'être là pour toi le jour où tu accepteras d'être aidé.

Ne la laisse pas te tuer, avait-elle murmuré avant de sortir de l'appartement, me laissant seul, le cœur dévasté, mais soulagé de savoir qu'elle avait eu la force de me fuir tant qu'il était temps.

A partir de ce jour-là, ma vie s'est résumée à un emploi du temps hebdomadaire parfaitement rodé pendant près de dix-huit mois : quatre jours de pseudo boulot et trois jours de fête, d'excès et de « comatage » . J'ai coupé les ponts avec tous ceux qui tentaient de m'aider. Thomas et les Kleiner, impuissants, n'avaient pu qu'observer ma déchéance. Rien de ne ce qu'ils pouvaient dire ne m'atteignait. J'étais insensible à leurs cris, à leurs supplications, à leurs pleurs. *C* était ma seule confidente, ma seule raison de vivre. Toute mon énergie lui était dédiée : gagner assez d'argent pour m'offrir ses charmes et abuser d'elle pendant des heures.

Jusqu'à ce matin de trop, lorsque le parfum de Charlie, retrouvé par hasard, me fit prendre à mon tour la décision la plus importante de ma vie : quitter C par amour. Pas par amour pour elle, mais pour tous ceux que j'avais abandonnés, y compris moi-même. Je décidai d'appeler SOS addiction et avais répondu aux questions que le mec me posait au bout du fil. Je n'avais même pas essayé de minimiser.

— Vous avez fait le plus dur, m'avait-il rassuré. Bien souvent, le déni est un mécanisme classique de l'addiction. Vous avez fait le premier pas vers le sevrage. C'est le moment de vous y tenir.

Il m'avait ensuite expliqué qu'un programme d'environ six semaines devrait permettre de me sevrer. Il m'avait donné l'adresse d'un centre dans lequel je pouvais me rendre immédiatement. J'y serais attendu et on allait m'accompagner tout au long du processus.

Je n'avais pas hésité. J'avais fourré quelques affaires dans un sac et avais rejoint au plus vite le CSAPA[27] Pierre Nicole où j'avais rencontré le chef de service, un médecin et une éducatrice pour finaliser mon admission.

J'ai refusé tout palliatif médicamenteux ne voulant pas passer d'une addiction chimique à une autre. J'appris à résister à la douleur physique du manque même s'il m'arrivait de me réveiller après avoir rêvé de sniffer toute la nuit. Et puis j'ai eu un grand vide à combler. Je dus remplir mon cerveau pour ne pas tomber en dépression. C'est un rendez-vous avec le psychologue du service qui m'encouragea à retrouver une ancienne passion. Poèmes et chansons, griffonnés sur un carnet, me permirent

---

[27] Centre de Soins, d'Accompagnement et de Prévention en Addictologie de la Croix-Rouge française

petit à petit de me retrouver. Le sport et une alimentation équilibrée participèrent aussi à ma récupération mentale. Mais je fus conscient que ma vie serait désormais une lutte constante. Être dépendant un jour, c'est être dépendant toujours.

J'ai grappillé quelques semaines, pour être sûr d'être assez fort pour sortir. Me voilà aujourd'hui, prêt à voler de mes propres ailes. Chaque année, on vit le jour anniversaire de notre mort sans le savoir et j'ai vécu plus d'un an en étant persuadé que chaque rail de coke allait me prendre mon dernier souffle. J'ai choisi le jour de ma naissance pour reprendre le cours du reste de ma vie. Me voilà donc, à respirer par moi-même, coupé du cordon ombilical du centre.

I don't believe in happy endings.
But I believe in happy beginnings.[28]

Je relis les deux phrases écrites rapidement quelques heures plus tôt. Pour la première fois de ma vie, je suis fier de moi et j'ai confiance.

---

[28] Je ne crois pas aux fins heureuses/ Mais je crois aux débuts heureux

— Bonjour, on cherche notre meilleur pote, vous savez pas où on peut le trouver ?

Je ne suis même pas étonné d'entendre cette voix qui m'a tant manquée.

— Je crois qu'il est de retour sur Terre. Pour de bon cette fois.

— Y'a intérêt. Parce que la prochaine fois, on le suivra en enfer s'il le faut.

Ému, je m'avance pour prendre Thomas et Enguerrand dans mes bras.

— Merci d'être là les gars. Je suis tellement désolé, pour tout.

— T'a intérêt à faire le vœu de de plus déconner mec. Parce que nos vœux d'anniversaire à nous viennent juste de se réaliser, me répond Enguerrand.

— C'est prévu. Je vous promets.

Nous rejoignons l'appartement de Tom et Clémence. Elle l'a décoré avec des dizaines de ballons, a préparé un gâteau en forme de note de musique sur lequel deux bougies en forme de 2 sont plantées

— Bon anniversaire Nico. Contente de te revoir. Je vous laisse entre mecs. Soyez sages.

Elle file après avoir lancé une playlist années 80, le générique « d'Olive et Tom » commençant à résonner dans la pièce. Nous passons l'après-midi à nous remémorer des souvenirs d'enfance. Enguerrand en profite pour nous parler de Peter, un journaliste sportif pour qui il a eu le coup de foudre lors d'une interview et nous apprend qu'il projette de le rejoindre si un club anglais accepte de le recruter. Je suis heureux pour lui mais mes pensées s'échappent vers celle qui manque à ces belles retrouvailles. Je n'entends pas tout de suite Thomas qui vient de jeter un œil à son téléphone :

— C'est pour toi, me répète-t-il après avoir fait claquer ses doigts devant mes yeux pour attirer mon attention.

Je regarde à mon tour le nom qui s'affiche et avant que j'ai le temps de réagir, il appuie sur la touche verte et me colle son Nokia à l'oreille.

— Allo Tom ? Vous l'avez trouvé ? Comment va-t-il ?

Je m'éloigne rapidement pour m'isoler un peu et essayer de trouver quoi lui répondre.

— Tom ? Ben raconte, insiste Charlie.

— Salut, finis-je par réussir à articuler, priant pour qu'elle ne raccroche pas.

— Salut..., répond-elle après quelques secondes. Bel anniversaire, me souhaite-t-elle d'une voix douce.

— Merci, bégayé-je presque.

— Je suis contente de t'entendre. Comment tu vas ?

— Bien je crois.

— Tu crois seulement ? me demande-t-elle déçue.

— Non j'en suis sûr !

— ...

Le ton de ma voix qui se voulait convaincant a sonné faux et je n'y ai moi même pas cru une seconde. Je me reprends immédiatement:

— Je vais tout faire pour en tout cas! ajouté-je le plus sincèrement possible.

— ...

Je l'entends sourire et j'ose poursuivre:

— Charlie ?

— Oui ?

— Merci.

— Pour quoi ?

— Parce que ton parfum m'a sauvé la vie…

— Nico…, me coupe-t-elle dans un souffle.

— 15. Tu peux ouvrir les yeux.

Chapitre 5

Samedi 6 février 2010   27 ans

Bruce Springsteen, *New York City serenade*

90

— Toutes mes félicitations.

— Donne-moi une seule bonne raison de ne pas dire oui.

— Tu cherches une échappatoire ?

— Juste une fin heureuse...

La porte de la loge s'ouvre et Thomas passe la tête pour me prévenir qu'on monte sur scène dans trois minutes. Il me reste donc environ quatre-vingt-dix secondes pour décider de mon avenir et de celui de Charlie. Du nôtre. Le compte à rebours commence. Des années que j'essaie de me faire une raison, d'apprendre à vivre sans elle. Mais en une phrase, elle vient chambouler le fragile équilibre auquel j'avais forcé mon cœur à me résoudre. J'ai tenu bon, je n'ai pas replongé en enfer. Et je repense tout à coup en accéléré aux cinq dernières années.

Le lendemain de ma sortie de cure, je l'avais retrouvée, trempé, après l'avoir attendue pendant des heures devant le 117 boulevard St-Germain. Elle finissait sa première année de master à l'école de journalisme de Science Po. Ses larmes étaient venues se mêler aux gouttes qui glissaient sur mon visage et sur mes lèvres. Elle avait tant changé. Ma vie avait été sur pause tandis que la sienne semblait avoir évolué en mode avance rapide. J'avais été intimidé devant la femme magnifique et sûre d'elle qu'elle était devenue. Je n'avais pas osé tenter de la reconquérir, persuadé que je ne serais qu'un poids et l'empêcherais de réaliser ses rêves. Elle était repartie la rentrée suivante à la Columbia University de New York pour valider un double diplôme. *Donne-moi une bonne raison de ne pas partir,* m'avait-elle déjà demandé alors que je tenais la portière du taxi qui allait l'emmener à l'aéroport.

— Pourquoi j'ai l'impression que si je pars cette fois on va s'oublier ?

— On va jamais s'oublier. Tu sais pourquoi ? Parce qu'on s'est construit ensemble. Ton ADN est gravé dans le mien. Peu importe où on est ou ce qu'on fait, les battements de nos cœurs seront toujours synchrones.

114

Je ne pouvais pas rivaliser avec l'opportunité d'une vie alors je l'avais laissée partir après un dernier baiser.

Qu'est-ce que t'attends pour y aller ? m'avait interrogé Thomas quelques mois plus tard tandis que je fixais un poster de l'Empire State Building lors d'une soirée chez Sasha et Raphaël pour fêter mes 23 ans. J'avais enfin retrouvé un semblant de vie normale, jonglant entre le magasin de musique et nos répétitions avec le groupe que nous venions de reformer. Mais je n'arrêtais pas de penser à elle, comme une chanson qui trotte sans cesse dans la tête. J'avais l'impression de croiser son parfum partout, je voyais encore son empreinte se former sur l'oreiller et les draps de mon lit étaient bien trop grands pour mon corps seul. J'avais le sentiment d'avoir hiberné et de sortir de l'hiver blanc dans lequel j'avais sombré. Petit à petit, tous les souvenirs de nous deux remontaient à la surface. Je ne parvenais plus à boire mon café sans voir la marque de ses lèvres sur le rebord de la tasse, à m'asseoir dans le canapé sans imaginer la voir arriver pour se blottir dans mes bras, à prendre une douche sans espérer qu'elle m'y rejoigne. Je réalisais devant cette photo froissée que j'avais tellement tenté de me persuader qu'elle pouvait se passer de moi que j'avais nié à quel point je ne pouvais me passer d'elle.

Dix jours plus tard, j'observais les rues de New York depuis le sommet du gratte-ciel art déco qui culmine au 350 de la 5ème Avenue. Je m'imprégnais des sons, des lumières, des odeurs, comme pour me familiariser avec son nouvel univers. Je dominais la ville et pourtant j'avais suffoqué, pris de panique. Je ne souffre plus de vertige, mais mon cœur avait semblé se faire aspirer par les abymes de cette cité bien trop grande pour moi. J'avais deviné plutôt tout à coup que c'était sans doute moi qui étais trop petit pour lutter contre ce qu'elle pouvait offrir à Charlie. 186 centimètres de fébrilité contre 785 km^2 de liberté étincelante, le combat était perdu d'avance.

J'avais ensuite erré pendant deux jours, m'inspirant de la créativité de l'East Village et de Brooklyn, m'enivrant de la démesure de Time Square et de l'exotisme de Chinatown, me ressourçant de la quiétude de Central Park. Je m'étais assis sur un rocher à la « clairière des enfants » près de Great Hill, un des spots le plus haut du parc qui offre une vue imprenable sur Manhattan. J'avais laissé le silence apaiser les échos assourdissants qui avaient rythmé mes déambulations et étais resté comme hypnotisé par les flocons de neige qui blanchissaient petit à petit la ville. Je m'étais levé, avait ouvert mes bras vers les buildings qui continuaient de me défier et avait hurlé, tel un fauve prêt à entrer dans l'arène pour son dernier combat. *Je n'ai rien à offrir à Charlie et n'ai pas d'autre choix que de m'offrir tout entier,* avais-je pensé.

J'étais resté encore quelques minutes à profiter de cet isolement cathartique, seul au monde, caché des huit millions d'âmes pourtant si proches. Je les sentais fourmiller dans les couloirs qui quadrillent cette cité, s'agiter dans les tours qui percent le ciel, vibrer dans les bas-fonds oubliés. Je les entendais m'appeler dans un murmure provocateur, me guidant vers celle que j'espérais retrouver sans oser me montrer.

En débouchant à la sortie nord du parc, j'avais suivi instinctivement un groupe de jeunes étudiants à travers le Morningside Park avant d'être tout à coup bousculé par son ombre. J'allais l'interpeller quand son rire, qui faisait écho à celui de la bande de filles qui l'accompagnait, m'avait figé. Je l'avais observée gravir les marches de l'escalier et avais croisé le regard d'un garçon qui les attendait. Le bras qu'il était venu poser bien trop amicalement autour de sa taille m'avait assommé. Je les avais vus disparaître entre les imposantes colonnes menant à l'entrée de la bibliothèque de l'université de Columbia. Pendant un instant, j'avais cru que j'étais parvenu à me téléporter en haut des marches et que c'était moi qui l'avait enlacée tant il me ressemblait. Mais ses cheveux du même blond étaient trop bien coiffés, ses vêtements couvrant un squelette proche du mien bien trop repassés et ses yeux brillaient d'un bleu bien plus confiant que les miens. J'étais resté paralysé de cette vision encore quelques instants, des pensées contradictoires se tamponnant dans ma tête. *Qui est ce type ? Sont-ils plus qu'amis? Pense-t-elle à moi quand elle embrasse ses lèvres qui semblent sculptées dans le même moule que les miennes ?* Bouillonnant, je n'avais pu que me résoudre à en savoir plus, le doute me paraissant plus violent que la vérité que je risquais de découvrir.

J'avais rejoint l'entrée de la bibliothèque et avais pénétré à l'intérieur sous le regard figé de Zeus et Apollon. J'avais été surpris de découvrir la rotonde vide de livres ou de bureaux pour y étudier. A la place, des œuvres modernes variées y avaient été exposées. Un gamin d'une dizaine d'années m'avait proposé un prospectus sur lequel j'avais pu apprendre que l'ensemble des peintures était l'œuvre de jeunes patients de l'hôpital d'Harlem. Un studio de création y était installé pour aider des enfants et adolescents, souffrant de traumatismes physiques ou psychiques, à développer leur talent artistique. Au fil des années, le programme s'était ouvert à ceux du quartier pour leur offrir une échappatoire à la violence et la pauvreté qui y régnaient. J'avais pris le temps d'observer quelques tableaux, oubliant presque que Charlie se trouvait sans doute dans une pièce voisine. La naïveté qui se dégageait des coups de pinceaux m'avait presque choqué. Comment ces enfants au quotidien si rude avaient-il pu trouver en eux autant de poésie et d'espoir ? À quoi ma toile aurait-elle ressemblé si j'avais eu l'opportunité de créer librement ? Aurait-elle reflété l'abandon sombre qui me caractérise ou, au contraire, serais-je parvenu à symboliser une scène idéalisée plus lumineuse ?

Sa voix m'avait tout à coup fait sursauter et j'avais rentré la tête dans mes épaules et réajusté mon bonnet pour tenter de lui rester invisible. J'avais suivi son groupe de loin pour l'observer et suivre leurs conversations. La colère était montée en moi chaque fois que quelqu'un était parvenu à la faire sourire ou pire rire. J'aurais voulu être celui qui parvenait à illuminer son regard, à faire se creuser ses fossettes et s'étirer ses lèvres. Mon clone était resté toujours bien trop près d'elle et chaque fois que son bras avait frôlé le sien, j'avais dû me retenir d'aller les séparer et de lui régler son compte. Il avait approché sa main de son visage pour lui dégager une mèche de cheveux et j'avais serré le poing et fait un pas en avant quand elle avait finalement détourné son visage dans ma direction. J'avais juste eu le temps de me faufiler derrière un panneau, mais j'avais eu la réponse que j'attendais. Elle n'était pas avec lui, tout du moins pas encore. Soulagé, j'étais sorti du bâtiment derrière eux juste à temps pour les entendre se donner rendez-vous le soir même au Bowery Poetry Club[29] pour une scène ouverte. J'avais souri, caressant dans ma poche la feuille pliée en quatre qui allait me permettre de lui faire ma surprise.

---

[29] Espace de performance poétique de New York situé dans l'East Village de Manhattan.

J'avais passé les huit heures de vol à poser sur le papier ce que j'allais tenté de lui dire quand j'allais la voir. Trois jours plus tard, je n'avais plus qu'une chose à faire pour lui prouver que je tenais à elle. J'avais interrogé un passant pour connaître l'adresse du club, j'avais rejoint le sud de Manhattan et m'étais posé dans un café en face pour traduire en anglais ce qu'elle m'avait inspiré. J'avais demandé au barman son avis et l'enthousiasme de ses encouragements m'avait donné la confiance pour traverser la large rue en courant et m'inscrire sur la liste des récitants du jour. Je m'étais assis à une table un peu en retrait et avais attendu, anxieux. Je l'avais vue arriver et s'installer avec ses amis près de la scène. J'avais pris de profondes inspirations avant de souffler lentement pour tenter de ralentir mon rythme cardiaque. *Nicolas is awaited on stage*[30] avais-je finalement entendu. Je m'étais levé, m'étais recoiffé rapidement, j'avais tiré mon tee-shirt hors de mon jean et m'étais avancé. J'avais tenté de ne pas me laisser envahir par le stress qui grandissait à chaque pas de plus vers la scène. J'avais spontané-ment caché mon visage en passant devant la table où Charlie discutait avec monsieur parfait et j'avais

---

[30] « Nicolas est attendu sur scène »

attrapé le micro que l'animateur de la soirée m'avait tendu.

— Je m'appelle Nicolas, j'ai 22 ans et je suis français comme vous pouvez le deviner à mon accent, avais-je lâché dans un anglais hésitant.

J'avais profité des quelques rires des spectateurs pour prendre enfin le temps de regarder dans sa direction. J'avais lu la surprise dans son regard et m'étais contenté de lui sourire. Elle y avait répondu par le sien et cela avait suffi pour me donner l'assurance de continuer.

— Si je suis là ce soir, c'est pour faire la surprise à une personne très spéciale pour moi. Je me suis dit que l'appeler serait trop simple. Alors j'ai traversé l'Atlantique et me voilà. Et comme elle m'intimide, j'ai pensé que lui parler devant vous serait plus facile, avais-je continué en piétinant de gêne.

Des applaudissements et des encouragements avaient fusé de la salle. J'avais ensuite fixé mon regard dans le sien et avais déplié ma feuille froissée avant de relever le micro :

Charlie,

We used to be musketeers, having each other's back.
Every birthday I spent with you on that sand,
I knew exactly what was my wish before blowing.
Seven letters whispered as I closed my eyes,
Hoping that you would hear my silent plea.[31]

My heart was limping, throbbing with a squeal,
My soul was roving, looking for its star.
My body was a mound of ash drowned by your tears.
Now only you can adopt my forgiveness,
So that it's no longer an orphan.[32]

I used to dream that my gaze would speak for me
But here I am today, 15 seconds later.
I finally defeated an evil white countess
And found the strength to call you by your name,
Two syllables that keep my heart alive.[33]

---

[31] Charlie, Nous étions des mousquetaires et nous nous soutenions mutuellement. Chaque anniversaire que j'ai passé avec toi sur ce sable, je savais exactement quel était mon souhait avant de souffler. Sept lettres chuchotées alors que je fermais les yeux, espérant que tu entendes mon appel silencieux.

[32] Mon cœur boitait, palpitait en crissant, Mon âme errait à la recherche de son étoile. Mon corps était un tas de cendres noyé par tes larmes. Maintenant toi seule peux adopter mon pardon pour qu'il cesse d'être orphelin.

[33] J'avais l'habitude de rêver que mon regard parlerait pour moi, mais me voici aujourd'hui, 15 secondes plus tard. J'ai finalement vaincu une diabolique comtesse blanche et j'ai

You're not my princess, you are my fairy.
I'm not a brave knight, just a stupid toad.
C,H,A,R,L,I,E, is how I spell paradise.
Charlie, Charlie, Charlie, two magic syllables.
This is my wish and I'm ready to blow. [34]

J'avais fermé les yeux et soufflé comme si le micro était une bougie. Le silence avait habité la salle avant que des applaudissements et des sifflements de félicitations ne résonnent. La pression était retombée et j'avais senti une main se poser sur mon épaule. J'avais rendu le micro avant de saluer la salle en riant. *Je crois que le message est passé mec,* avait conclu l'animateur en suivant mon regard jusqu'à celui de Charlie. Des larmes glissaient jusqu'à ses lèvres qu'elle mordait en souriant. Je l'avais rejoint, avais tendu ma main qu'elle avait saisie et nous étions sortis, nous faufilant entre les tables, avant qu'elle ne stoppe notre course et m'attire vers elle pour m'embrasser.

---

trouvé la force de t'appeler par ton nom, Deux syllabes qui gardent mon cœur en vie.

[34]Tu n'es pas ma princesse, tu es ma fée. Je ne suis pas un brave chevalier, juste un crapaud stupide.

C, H, A, R, L, I, E, voilà comment j'épelle paradis. Charlie, Charlie, Charlie, deux syllabes magiques. C'est mon souhait et je suis prêt à souffler.

Une tempête de neige nous avait surpris et nous avions rejoint le métro le plus proche. Ce n'est qu'une fois dans la rame, assis l'un en face de l'autre, que j'avais réalisé ce qu'il venait de se passer. Aucun de nous deux n'avait osé parler, nous n'en avions pas besoin. Je ne saurais pas dire combien de temps avait duré le trajet. Elle s'était ensuite levée pour sortir et j'avais fait de même. Elle avait mêlé ses doigts aux miens et ne les avait lâchés que pour chercher ses clés dans son sac au pied d'un immeuble au sud d'Harlem, tout proche de là où je l'avais aperçue le matin même.

Nous avions pris l'ascenseur jusqu'au 4ème étage puis elle m'avait précédé pour entrer dans l'appartement. Nous avions salué un de ses colocataires qui cuisinait et avions rejoint sa chambre.

J'allais parler quand elle avait appuyé son index sur ma bouche avant de me pousser jusqu'à son lit. Elle avait posé une main sur ma poitrine avant de tirer sur mon tee-shirt et de me l'enlever. Son souffle était venu chatouiller mes épaules puis elle m'avait embrassé le cou tout en déboutonnant mon jean. J'avais senti son rire quand elle avait effleuré mon caleçon, gonflé de mon excitation, puis elle avait guidé ma main jusqu'à l'encolure de son chemisier.

Je l'avais déboutonné très doucement, sentant sa peau frissonner dès que je l'effleurais. Elle avait fait glisser sa jupe et j'étais resté immobile quelques instants, parcourant des yeux chaque centimètre de son corps, à la recherche de chaque grain de beauté, de chaque cicatrice, comme un road trip charnel des souvenirs que j'avais de ce corps si parfait. Elle avait rougi quand mon regard s'était attardé sur la courbe de ses seins et j'avais saisi sa main qu'elle s'apprêtait à venir les recouvrir. J'y avais déposé un baiser puis avais pris son visage dans mes mains et l'avais embrassée.

Quatre ans plus tard, j'ai encore en mémoire chaque seconde de cette nuit parfaite et la plénitude que j'avais ressentie alors que je serrais Charlie dans mes bras le lendemain matin. Ses formes épousaient parfaitement les miennes et nos respirations se synchronisaient presque naturellement. Mais je me souviens aussi de cette intuition que j'avais tenté de refouler. Nous venions de nous retrouver et j'aurais dû sans doute simplement profiter de chaque instant. Mais je savais que la symbiose parfaite entre nous risquait d'être rompue par nos mots. Comme si l'évidence animale qui unissait nos corps allait perdre sa magie en se heurtant à nos intellects. Mon psy m'a dit un jour *que l'Homme non seulement naît dans le langage exactement comme il naît au monde, mais naît par le langage*[35]. Jusqu'à récemment, je crois que j'aurais préféré quitter le monde cette nuit-là. J'avais réussi à l'ensorceler par ma voix pourtant. Mais le sortilège n'avait été que de courte durée et mon impulsivité naturelle avait encore une fois tout gâché.

Le soleil se faufilait dans la chambre et faisait briller sa peau dorée. Je l'avais sentie se décoller de moi et elle m'avait manqué immédiatement. Cette douleur de me voir arraché à son corps avait été insupportable. Ce n'est que des années plus tard que j'ai compris que ce ressenti n'avait été que la réminiscence d'un trauma bien plus ancien, celui de ma naissance. La première femme de ma vie n'a pas voulu de moi. C'est moi qui ai repoussé celle dont j'avais profondément besoin.

— Tu penses bien fort..., avait-elle murmuré, basculant sur le côté pour me faire face.

— C'est un peu tard pour ça, avais-je répondu sèchement.

---

[35] J. Lacan, *Mon enseignement.*

— Comment ça ?

— J'aurais peut-être dû réfléchir un peu plus avant.

— Avant quoi au juste ?

Son visage s'était tendu et son regard m'avait sondé comme pour tenter de lire en moi. J'avais deviné un brin d'espoir dans ses yeux. Elle continuait d'avoir foi en moi, mais je lui en voulais pour ça. Je ne pouvais pas supporter qu'elle continue d'espérer que le meilleur de moi prendrait un jour le dessus.

— Combien ?

— Quoi ?

Je m'étais subitement levé du lit, avais enfilé mon tee-shirt qui trainait sur le sol et avais rejoint la fenêtre pour tenter de remettre de l'ordre dans ma tête.

— Combien je mets de sucres dans mon café ? Combien font 2+2 ? avait-elle ri pour détendre l'atmosphère se levant à son tour et me rejoignant le drap enroulé autour de sa peau nue. Combien de fois j'ai joui cette nuit ? avait-elle murmuré à mon oreille d'une voix suave.

— Arrête…

— Arrêter quoi ? avait-elle susurré au bord de mes lèvres.

— Arrête avec ce ton, l'avais-je coupé alors que mon corps m'avait contredit, tant sa présence si proche avait réveillé encore une fois mon désir pour elle.

— Quel ton ? Le ton est utile seulement si les mots n'expriment pas vraiment notre pensée. C'est pas le cas là. C'est toi qui es ambigu.

Elle avait fait glisser sa main sous mon tee-shirt avec tellement de naturel que j'avais craqué. Je n'avais connu qu'elle et je ne pouvais pas supporter l'idée que d'autres garçons aient pu la toucher.

— Combien de mecs sont passés dans ce lit ? l'avais-je provoquée sans oser la regarder.

— Nico fais pas ça, m'avait-elle supplié.

— Pourquoi ? Parce que tu n'es pas sûre de la réponse exacte ?

Sa main était venue frapper ma joue avant qu'elle ne quitte la chambre en claquant la porte. J'avais encaissé, bien conscient que je l'avais méritée et j'étais resté longtemps à observer la rue s'animer en essayant de comprendre pourquoi j'étais venu jusqu'ici si c'était pour tout gâcher en quelques secondes. Je mis du temps à accepter la réponse qui apparaissait petit à petit de manière évidente. Et encore plus de temps à trouver le courage de la rejoindre et lui donner l'explication qu'elle méritait. J'avais découvert un mot glissé sous la porte en m'apprêtant à sortir : *Retrouve-moi aux pieds d'Alma Mater*[36]. Elle m'avait donc repéré la veille dans l'ancienne bibliothèque. Je m'étais empressé de la rejoindre. Je l'avais retrouvée, assise sur les marches encore blanchies, en train d'écrire dans un petit carnet.

— Tu répertories toutes les insultes que tu serais en droit de me balancer ?

— Non. Juste la liste qui répond à ta précédente question.

Elle avait écrit un dernier mot et avait fermé le calepin. Puis elle m'avait fait un signe de tête pour m'inviter à m'assoir à côté d'elle. J'avais jeté un œil à l'entrée de la bibliothèque avant de m'installer et l'interroger.

---

[36] Sculpture en bronze de Daniel Chester French qui est située sur les marches menant à la Low Memorial Library sur le campus Morningside Heights de l'Université Columbia à Manhattan, New York

— Pourquoi t'es pas venue me voir hier quand tu m'as grillé ?

— Parce que c'était pas à moi de décider pour toi. Un peu comme maintenant en fait, avait-elle ajouté en me tendant le petit cahier qui risquait de me détruire.

— Je suis pas sûr que ce tu y as écrit changera quelque chose à ce que je m'apprête à te dire.

— Je t'écoute.

J'avais soufflé dans mes mains gelées, plus stressé encore que la veille devant le public du Bowery Club.

— Je me sens pas à la hauteur, avais-je fini par avoué.

— Difficile de contredire un sentiment, avait-elle commencé à répondre calmement. A la hauteur de quoi exactement, ou de qui ?

— De manière générale je veux dire. Et de tout le monde.

— Depuis quand je suis tout le monde ?

— Encore plus de toi, avais-je murmuré le visage penché vers le sol.

— Dit-il après avoir fait 6000km pour venir me dédier un poème devant une foule d'inconnus.

— Et je pensais chaque mot je te jure, avais-je continué en la regardant enfin dans les yeux.

— Mais ? Parce qu'il y a un mais n'est-ce pas ?

— Mais je devrais pas ressentir ça après avoir passé l'une des plus belles nuits de ma vie avec toi.

— Et qu'est-ce que tu ressens ?

— De la colère.

— Je comprends pas..., avait-elle soufflé en ne sachant pas quoi répondre de plus.

— Moi non plus je t'avoue, mais pourtant c'est bien ce que j'ai ressenti ce matin. Et je crois que j'ai compris pourquoi.

— Pourquoi ? Comment tu peux être en colère alors que j'ai envie d'être avec toi ? que j'ai envie de toi ? Tu devrais être...

— Je sais. Je devrais être heureux d'avoir tout ce dont je rêve depuis des mois. Et quand j'arrête de réfléchir, je le suis. Mais y'a toujours un moment où la réalité revient à la charge. Et la réalité, c'est qu'il y a une partie de moi qui est en colère contre toi et contre moi-même. Cette part sombre refuse d'aimer et de se laisser être aimée. Et je ne peux pas être avec toi tant qu'il y a un risque qu'elle te blesse à nouveau. Je dois lui faire face et l'affronter une bonne fois pour toutes. Mais je dois le faire seul. J'ai été égoïste de venir. J'ai pensé qu'à moi. Tu semblais tellement heureuse hier avec tes amis, tu souriais tellement...

— Pas autant que ce matin en me réveillant...

— Et pourtant, il a bel et bien disparu maintenant ce sourire. Je peux pas supporter d'être le responsable de sa fugue. Et je peux pas te promettre que je serai celui qui lui fera retrouver le chemin de tes lèvres. Pas tout de suite en tout cas.

— Alors quoi ? Il se passe quoi maintenant ?

— Tu retournes à ta vie et tu en profites pleinement.

— Comment en profiter sans toi ? avait-elle chuchoté en me prenant la main.

— Comme tu le fais depuis deux ans. C'est de te savoir heureuse qui m'aidera à me battre. J'ai commencé une thérapie pendant la cure. Mais je ne suis pas allé au bout des choses. Il faut que je le fasse maintenant si je veux avoir une chance de t'apporter ce que tu mérites.

— Tu prends le risque de me perdre pour toujours, tu en as conscience ? Et surtout, je ne peux pas être l'unique raison qui te pousse à faire ce suivi. Tu dois le faire pour toi Nico, tu m'entends ? Promets-moi que tu le fais d'abord pour toi, avait-elle ajouté en posant sa main sur la joue qu'elle avait giflée un peu plus tôt.

— Tu m'en veux pas ?

— Malheureusement pour moi non. Je suis même fière de toi là.

— Pourquoi ? avais-je rougi ?

— Parce que l'honnêteté avec laquelle tu viens de te confier à moi me fait t'aimer encore plus. Ne doute jamais de mon amour pour toi. Peu importe les formes qu'il prendra à partir d'aujourd'hui.

Elle avait ouvert son carnet et m'avait présenté sa fameuse liste. Trois noms étaient barrés et seul le mien figurait encore indemne.

— Quatre hein ? C'est plutôt raisonnable pour une beauté comme toi, avais-je tenté de plaisanter, même si c'était déjà trois de trop pour mon égo.

— Mais un seul avec qui j'ai aimé me réveiller blottie dans ses bras et qui compte vraiment.

Nous nous étions enlacés, longtemps, puis elle s'était levée alors que je devinais ses larmes et était partie sans se retourner. J'étais rentré à Paris et avais immédiatement recontacté le psychologue du centre de la Croix Rouge qui m'avait orienté vers un de ses confrères plus à même de m'accompagner selon lui.

Charlie attend ma réponse et je repense au garçon que j'étais, assis sur les marches à ses côtés il y a quatre ans. J'ai de la tendresse pour lui parce mon reflet dans le miroir de la loge m'aide à me convaincre qu'il a presque gagné son pari et que celui que je suis aujourd'hui n'est plus le même. Mes fêlures sont toujours là et ne me quitteront jamais. Mais je n'en ai plus peur. Elles sont devenues mes compagnes de route et non plus mes ennemies. Il m'arrive encore de remettre en question l'intérêt voire l'amour que ceux et celles qui croisent ma route me portent, mais je sais désormais calmer l'enfant abandonné qui vient se coller à mon cœur de temps en temps. Charlie aussi a changé et malgré tout, on a réussi à vivre l'un sans l'autre depuis, ne se croisant qu'à de rares occasions, sans vraiment se confronter à ce qu'il pouvait bien rester de nous.

Il faut dire que depuis que le groupe connaît un peu de succès, j'ai pas mal abusé du charme magique qui s'opère sur les filles dès qu'on monte sur scène. J'ai un peu honte même et me dit que ma liste à moi serait bien plus longue que celle de Charlie. Elle aurait de commun avec la sienne malgré tout qu'un seul nom n'y serait pas barré. Je sais au fond de moi qu'elle restera l'amour de ma vie. Je suis son boomerang : mon cœur ne cesse de vouloir la rejoindre. Et je suis bien tenté là tout de suite de lui dire d'envoyer tout balader, de brûler les plans de table, de garder sa robe pour la prochaine soirée déguisée et de planter Andrew, mon pseudo jumeau, avocat au barreau de New-York, pour me rejoindre à Shangaï pour notre tournée chinoise.

Personne n'a jamais osé la taquiner à ce sujet alors que même Thomas m'a fait la réflexion un jour en le découvrant sur une photo qu'elle nous avait envoyée. *Tu vas faire quelque chose à propos de ça?* m'avait-il interrogé. *Elle peut pas l'avoir choisi par hasard.*

Est-ce le moment d'en faire quelque chose ? Ai-je le droit de l'obliger à s'interroger maintenant sur le fait d'avoir finalement accepté d'épouser un type qui est une copie de moi ? Qu'ai-je à lui offrir de mon côté ? Thomas reprend son internat à la fin de l'année, je ne sais même pas ce qu'il adviendra du groupe. Cette année de tournée n'était qu'une parenthèse et je n'ai aucune idée de ce qui m'attend une fois de retour à Paris. J'essaie de recenser dans ma tête toutes les bonnes ou mauvaises raisons qu'on aurait d'être ensemble quand j'entends l'écho de sa voix dans ma tête et je sais exactement la seule chose que je suis en droit de lui répondre aujourd'hui.

— C'est pas à moi de décider pour toi Charlie. Je peux pas être l'unique raison qui te pousse à faire un choix. Promets-moi de penser d'abord à toi. Je t'aimerai toujours moi aussi, peu importe que tu sois dans mes bras ou…, ne parviens-je pas à conclure.

— Dans les bras d'un type qui te ressemble trait pour trait, un costume sur mesure et une belle voiture en plus ?

— Je sens qu'il y a un mais là et crois-moi j'ai pas du tout envie de laisser en suspens cet aveu un peu surréaliste, mais je dois être sur scène dans moins d'une minute. On peut continuer cette conversation plus tard ?

On frappe de nouveau à la porte. Je m'apprête à répondre à Thomas que j'arrive, mais c'est sa voix que j'entends tandis qu'elle apparaît quand la porte s'ouvre, tenant maladroitement un nem sur lequel fond une bougie.

— Mais la passion et la magie de me faire sourire le matin en moins...

Chapitre 6

Mercredi 6 février 2013   30 ans

Foo Fighters, *Miracle*

3

0,03% de chance que ça arrive et pourtant...

30 risques sur 100 000 et pourtant...

Il y a quelques heures, je soufflais mes bougies et toute la bande se moquait de moi, le premier qui passe la trentaine. Je caresse désormais le chiffre trois sur sa main, m'étonnant de sa chaleur alors que son corps endormi ne danse qu'au rythme régulier qu'on lui impose. Passé, présent, futur. Corps, âme, esprit. Naissance, vie, mort.

Mes pensées se perdent dans ces réflexions triptyques sans que je ne parvienne à mettre de sens dans ce chaos.

Je ne mérite sans doute pas d'être heureux. Voilà la seule chose qui me semble évidente. Tout était si parfait depuis qu'elle m'avait choisi que j'aurais dû prévoir que le pire arriverait. Mais comment aurais-je pu prédire que cette fois-ci je n'en serais pas responsable. A moins que...

Les clameurs du public résonnent encore dans ma tête quand je repense à notre dernière date à Shangaï parce qu'enfin mon cœur n'était plus en jetlag[37]. Il ne battait plus en décalage. Il s'était reconnecté au sien dont je ressentais les pulsations depuis les coulisses où elle m'attendait. J'étais comme en transe sur scène ce soir-là, ne jouant que pour elle.

Je regrette de ne jamais avoir demandé à Charlie quel avait été le déclic pour abandonner New York, sa carrière de rêve et son fiancé idéal et me rejoindre moi, le mec le plus imparfait du monde. J'avais probablement eu peur de ne pas être à la hauteur de ce qu'elle imaginait pour nous. J'avais été lâche, comme souvent.

Désormais je ne peux plus l'être et l'entrée de l'infirmière dans la chambre me rappelle à mon nouveau rôle.

— Ses constantes sont bonnes. Il n'y a eu aucune complication suite à l'opération. C'est bon signe. Il

---

[37] Syndrome de désynchronisation lié au décalage horaire

faut être patient maintenant, tente-t-elle de me rassurer.

— De la patience hein ? Y'a ça au distributeur au bout du couloir? je plaisante maladroitement en fixant Charlie, espérant peut-être que ça la fera rire et qu'elle se réveillera.

— Allez le voir, il vous donnera la force qui vous manque.

J'acquiesce en silence, murmure un *je reviens, bats-toi, je t'aime* et me lève pour traverser l'hôpital et rejoindre le bâtiment B. Je croise des familles qui s'embrassent, des hommes aux traits fatigués comme les miens, mais au regard joyeux tandis que le mien est sombre. J'étouffe et ne peux pas faire un pas de plus. Je ressors en courant sur le parking et m'effondre contre un mur dans un cri sourd.

Une ombre floue s'avance vers moi, s'agenouille et pose ses mains sur mes épaules tout en joignant son front au mien.

— Tu peux le faire Nico. Je sais que c'est dur, mais faut que tu sois fort mec, essaie de me convaincre Thomas.

— Je peux pas..., pas tout seul.

— T'es pas tout seul. Je suis là. C'est à toi d'assurer le temps qu'elle se réveille.

— Et si...

— On n'en est pas là me coupe-t-il. Il faut que tu rentres là-dedans. T'as pas le choix. Crois-moi, c'est exactement ce dont tu as besoin maintenant. Alors lève-toi et viens faire sa connaissance. Il t'attend. Et félicitations, il chante aussi bien que toi mon vieux.

Thomas se relève en souriant et me tend la main tout en sortant deux tiges en bois de sa poche.

— Garde-les ! m'avait lancé Charlie un soir après un dîner à emporter de notre chinois fétiche.

— Les baguettes ? Tu veux faire un Mikado? avais-je plaisanté ?

— C'est bien pour commencer à taper en rythme non ?

— Ah mais oui, avais-je percuté. Quelle belle idée pour Rose. Tom va me détester de m'avoir choisi comme parrain.

— Si tu crois une seconde que Thomas et Vic vont te laisser faire, avait-elle ri.

— T'as raison. Je vais la jouer fine. Ils seront moins vigilants avec Antoine.

— Je pensais pas aux jumeaux Nico.

Elle s'était contentée de poser sa main sur son ventre, étirant ses lèvres en un sourire timide. Je m'étais figé puis avais bondi du canapé après qu'un simple échange de regard vint confirmer que cette annonce était bien réelle. Quelques mois seulement qu'on avait commencé à évoquer cette possibilité d'avoir un jour des enfants. Il m'avait fallu tellement de temps pour me construire, pour me réparer, si tant est qu'on puisse l'être, que je n'avais jamais vraiment imaginé pouvoir prendre soin de quelqu'un d'autre. Je m'étonnais pourtant chaque jour de voir que nous avions réussi à trouver notre équilibre tous les deux.

Après Shanghaï, et quelques semaines sur les routes avec nous, elle était retournée aux Etats-Unis pour mettre un terme à ses engagements, personnels et professionnels, le temps pour moi de finir la tournée à l'étranger avec le groupe. Au début de l'été, nous nous étions retrouvés à Paris après que j'ai été recruté pour animer une émission musicale sur une grande radio et qu'elle ait été approchée par Le

Monde[38] pour la section Economie. J'avais profité des dernières dates, conscient qu'une page allait se tourner dès que Thomas allait reprendre son internat.

Nos karmas semblaient s'aligner cette année-là lorsqu'il rencontra par hasard Victoire dans un avion. J'avais deviné immédiatement que leur coup de foudre allait se transformer en belle histoire. Une grossesse surprise quelques mois plus tard vint sceller leurs destins. Tout le monde avait un peu paniqué, tout le monde sauf eux, comme s'il ne pouvait pas en être autrement.

— En profite pas pour faire des conneries et arrête de te dire que le pire va arriver. Aie un peu confiance en toi, en vous, m'avait-il fait jurer avant de rejoindre Lyon pour y vivre avec Vic.

Et c'est exactement ce que j'avais fait. J'avais profité de chaque instant avec Charlie, m'étais surpris à imaginer un futur plus serein. La naissance des jumeaux avait été un électrochoc. J'avais retrouvé Thomas tellement heureux, un bébé dans chaque bras. J'avais partagé son bonheur lorsqu'il m'avait confié la petite Rose quelques minutes, après

---

[38] Journal Français le plus diffusé et lu en France

m'avoir appris que j'en étais le parrain. J'avais vu à quel point Charlie était émue pour son meilleur ami et le regard qu'elle avait porté sur ces deux petits êtres m'avait bouleversé. Je me souviens avoir espéré très fort pouvoir un jour partager avec elle une si belle aventure.

Nos opportunités professionnelles avaient occupé nos esprits et ni Charlie ni moi n'avions vraiment évoqué ce projet les mois suivants. Voilà sans doute pourquoi j'avais mis du temps à réaliser lorsqu'elle m'avait révélé un peu inquiète qu'elle était enceinte.

— Je vais être papa ? l'avais-je interrogé un peu incrédule.

J'avais lu l'inquiétude dans ses yeux de ne pas savoir quel effet cette nouvelle allait avoir sur moi, mais la joie que je ressentis alors se manifesta sans détour.

— Je vais être papa ! avais-je pleuré de joie en l'embrassant. On va avoir un bébé ?

— Ou peut-être deux nous aussi...

— Trois, si on veut faire mieux que Tom, avais-je conclu, un peu paniqué que ça puisse être le cas.

J'avais été soulagé finalement d'apprendre quelques semaines plus tard qu'il n'y en avait qu'un et tellement heureux de découvrir ensuite qu'il s'agissait d'un petit garçon. J'ai été aux petits soins toute la grossesse, trop inquiet qu'il puisse arriver quelque chose. Comment aurais-je pu prévoir l'inimaginable ?

Je saisis les baguettes que me tend Thomas en me rappelant la promesse que j'avais faite à Charlie ce soir là :

— Je ne serai peut-être pas un papa parfait, mais je te promets de prendre soin de vous deux.

Je prends conscience qu'il n'y a rien que je puisse faire pour Charlie tout de suite, si ce n'est être là pour notre fils et lui montrer que je tiens parole.

— Tu veux bien m'accompagner ? demandé-je à Thomas.

— Bien sûr.

Je pénètre à nouveau à l'intérieur de la maternité et me laisse guider par une infirmière jusqu'à la pouponnière. Je m'arrête un instant devant la porte vitrée, un peu paniqué par les pleurs des bébés. Instinctivement, mon regard se pose immédiatement sur un berceau et l'étiquette collée sur le rebord vient confirmer mon intuition. *Je m'appelle Timo-thée, je suis né le 6 février 2013 à 14h35, je pèse 3kgs200 et mesure 52cm.* Je m'en approche à pas lents, sans oser lâcher des yeux ce bout de papier, rassuré par ces données factuelles. Je ne parviens pas encore à les dévier vers ce petit bonhomme qui gigote juste en dessous. C'est des bras de sa mère dont il a besoin. C'est son odeur, la chaleur de sa peau qui le ferait sans doute cesser de crier ainsi au monde sa douleur. Si je l'ai reconnu, c'est bien parce que ses pleurs sont différents de ceux des autres. C'est le manque qui le fait hurler, car lui n'a même pas eu la chance de rencontrer celle qui l'a porté pendant près de neuf mois. Il n'est pas venu au monde, il a été arraché du ventre de sa mère. Et depuis plus de cinq heures, il attend, seul.

Tout doucement, je découvre un petit crâne bien garni de cheveux bruns clairs, un front plissé enca-dré par des sourcils froncés et des yeux fermés. *Il a son nez,* pensé-je instantanément. Sa bouche grande ouverte tremble à chaque hurlement. Ses poings serrés et ses genoux repliés viennent comme frapper un plafond invisible. Sans réfléchir, je viens poser une main derrière sa tête et une autre dans le bas de son dos, pour le soulever et le libérer de cette boîte. Il se débat encore dans mes bras et ses cris redoublent d'intensité.

Je me retourne vers Thomas, inquiet de le tenir maladroitement et ne sachant pas quoi faire ensuite. Il m'incite à le suivre dans une pièce plus au calme à côté et à m'asseoir dans un fauteuil.

— Enlève ton pull me dit-il tout en déshabillant Timothée.

Je m'exécute puis il repose son corps nu contre mon torse avant de nous envelopper d'une couverture.

— Normalement, le peau à peau se fait plutôt avec la maman. Mais des études ont montré que ça réduit aussi le stress du bébé lorsque c'est le papa qui est en contact.

Je ne sais pas trop quoi penser de ces données médicales, ni si elles ont vraiment été vérifiées, ou si Tom essaie juste de me rassurer sur ma capacité à le calmer. Mais j'écoute ses conseils et me concentre sur ma respiration.

— Tu peux lui parler aussi, ajoute-t-il. Il connaît déjà ta voix.

— Et qu'est-ce que je suis supposé lui dire hein ?

— Ce que tu veux. Je sais que tu trouveras, con-
clut-il avant de sortir de la pièce.

Je réfléchis un moment aux premiers mots que je
vais bien pouvoir lui dire, comment je vais lui expliquer que pour le moment, il est coincé avec moi et
qu'il ne connaîtra peut-être jamais sa mère. Est-ce
que quelqu'un a pris le temps de me réconforter le
jour de ma naissance ? Est-ce que quelqu'un m'a
pris dans ses bras pour me dire que je n'allais jamais
revoir la mienne parce qu'elle ne voulait pas de moi ?
Et qu'est-ce que ça aurait changé ? Est-ce que j'aurais été moins cassé si ça avait été le cas ?

Je sors de mes pensées tout à coup comme réveillé par le silence. Un hoquet vient rebondir contre
ma poitrine et je me rends compte que le petit corps
que je tiens contre moi ne bataille plus. Ses poings
ne sont plus serrés et son visage est plus détendu.
Deux petits yeux clairs s'ouvrent et croisent les
miens comme un reflet. *Il a mes yeux.*

— Salut, finis-je par articuler, un deuxième hoquet pour simple réponse. Ouais je sais, c'est pas
terrible comme introduction, mais j'ai jamais été très
doué pour dire ce qu'il faut. Par contre, si t'as un
morceau de papier et un crayon, je dois pouvoir faire

mieux. Tu dois te demander ce que t'as bien pu faire pour mériter un daron pareil hein ? Ben ça, faudra demander à ta mère.

Je m'arrête pour tenter de ne pas me laisser submerger alors que ma gorge se noue et que ma voix se brise. J'approche ma main de la sienne et effleure ses doigts, si petits.

— Elles vont être trop grandes. Va falloir attendre un peu encore je crois, lui-dis-je, en pensant aux baguettes posées à côté de moi sur le fauteuil. Mais je vais t'apprendre. Parce que là par contre, je suis pas trop naze.

Ses doigts se resserrent autour de mon index et tout à coup mon impuissance me fait sentir plus vivant que jamais. J'aperçois Thomas nous observant près de la porte.

— Je confirme. Ton père, c'est le meilleur. Après t'as plutôt l'air d'avoir des mains de guitariste mon pote, dit-il en s'avançant et en venant poser son poing sur celui de Timothée. Ça te va bien, continue-t-il en me tendant un biberon minuscule. D'être papa...

— Comment t'as fait ? A l'arrivée des jumeaux, t'étais si zen. Moi je vois ce biberon et j'ai peur qu'il s'étouffe, je le sens respirer contre moi et j'ai peur que son cœur s'arrête. Il a besoin qu'on prenne soin de lui et...

— Et tu prends soin de lui.

— Mais j'ai pas été là tout de suite. Je l'ai laissé tout seul pendant des heures.

— Tu es là maintenant. C'est incroyable ce que tu es en train de faire Nico. Et c'est normal de paniquer. J'ai rien montré, mais j'en menais pas large quand Rose et Antoine sont nés. Et même aujourd'hui, je peux pas m'empêcher d'aller vérifier que tout va bien quand ils dorment, je m'inquiète de potentielles allergies, de ce qui se passe à la crèche.

— Mais vous êtes deux. Moi je suis rien sans Charlie. Je l'ai pas protégée et...

— Rien n'aurait pu prévoir son AVC Nico. Et rien de tout ça n'est de ta faute, ni de la sienne, chuchote-t-il en posant sa main sur le crâne de Timothée. Ils ont réagi à temps, pour elle et pour lui. Je sais que c'est long d'attendre et que c'est injuste que le plus beau jour de votre vie se transforme ainsi en cauchemar. C'est pas comme ça qu'on avait imaginé ta journée d'anniversaire. Mais ce petit bonhomme t'a fait le plus beau des cadeaux. Tu connais la probabilité que ça arrive ?

— 0,03% environ. Autant que le risque d'AVC chez la femme enceinte, je lui réponds d'un ton froid.

Je m'aperçois que mon p'tit glouton a tout avalé et s'endort déjà, esquissant un « sourire aux anges » qui vient stopper net ma colère.

— T'as raison, m'adoucis-je. C'est un putain de miracle. Espérons juste qu'il y en ait un deuxième aujourd'hui. Tu veux bien aller prendre des nouvelles de Charlie ?

— J'y vais. Repose-toi un peu. Règle d'or : dormir quand ils dorment, me conseille-t-il en reposant Timothée dans son berceau à côté de moi après l'avoir emmailloté.

Je me rapproche de Timothée, pose ma main sur son crâne qui est la seule partie de son corps à ne pas être transformée en une sorte de momie et caresse ses tempes de mon pouce. Ce geste tendre me surprend moi-même.

Mme Kleiner est la seule qui parvenait à me rendormir après un cauchemar par ces mêmes pressions douces sur mon visage et j'aimerais tant qu'elle soit à mes côtés en ce moment pour m'apaiser aussi. Mes demi-parents sont sur la route et ne devraient pas tarder à arriver puisqu'il était prévu qu'ils nous rejoignent dans l'après-midi pour fêter mon anniversaire. Je continue de les appeler ainsi plus par pudeur que provocation parce que ça fait longtemps que je les considère comme mes vrais parents. Cela fait un moment que je pense à leur parler de mon souhait de le rendre officiel. J'ai encore le formulaire qu'ils avaient commencé à remplir lorsque j'étais retourné les voir en sortant de cure.

J'avais appris par Thomas qu'Eve était venue passer les deux mois à Paris, pour être près de moi, au cas où. Je l'avais rejoint à la gare juste à temps avant qu'elle ne reparte et elle m'avait serré dans les bras sans un mot avant de reproduire ce geste que j'imite aujourd'hui sur mon propre enfant. Quelques semaines plus tard, j'avais sonné à leur porte sans prévenir et j'avais enfin pris le temps de m'excuser de les avoir tant repoussés et de les remercier de leur soutien.

— J'ai pleuré pendant des années de ne pas pouvoir devenir mère avant que tu arrives dans nos vies et j'ai pleuré tout autant ces derniers mois de l'être devenue finalement, m'avait avoué Eve. Tu ne nous as pas choisis, mais j'espère que tu sais que tu as fait de nous des parents.

— On ne te l'a peut-être pas assez dit, mais tu es notre famille, avait ajouté Marc. Et on serait très heureux que tu nous adoptes. Quand tu seras prêt.

Il m'avait tendu un document officiel qu'il me suffisait de signer en retour. J'avais craint qu'ils changent finalement d'avis et m'abandonnent à leur tour et je n'avais pas osé concrétiser cette proposition que j'attendais depuis toujours pourtant. J'avais l'impression aussi de ne pas les mériter. Ils n'ont jamais fait de remarques ou de relances ces dernières années et ont continué d'être présents quand il le fallait.

Cet amour et soutien inconditionnel, je les ressens tout à coup à mon tour et je sais que c'est grâce à eux aussi si je ne suis plus si bancal. J'avais passé tant de temps à en vouloir à mes géniteurs, j'avais perdu tant de fois la confiance que j'avais accordée aux familles qui m'avaient accueilli que je n'ai pas eu l'énergie pour apprécier pleinement le foyer qu'il m'avait offert. Je leur en suis d'autant plus reconnaissant qu'ils ne me devaient rien. Moi je leur dois tout et je n'ai plus peur. Je suis prêt. Je veux être fils après être devenu père.

Penser à eux me donne la force de parler à Timothée. Il mérite de savoir ce qu'il se passe.

— J'ai besoin de toi mon bonhomme. J'ai besoin que tu penses fort à ta maman pour qu'elle sache que tu l'attends. Elle dort pour le moment et je suis sûr qu'elle se bat pour toi. Quand tu étais encore dans son ventre, elle a fait ce qu'on appelle un accident vasculaire cérébral, lui expliqué-je. Je suis désolé que les médecins aient été contraints de te sortir un peu brutalement et de ne pas avoir pu être là pour toi. Pendant que Thomas prenait soin de toi, j'ai écouté le neurologue m'expliquer que l'examen avait confirmé une hémorragie cérébrale et que maman avait été placée dans un coma artificiel pour réduire l'œdème et la protéger d'éventuelles lésions. Il a ensuite opéré rapidement pour retirer le caillot, conclus-je, alors qu'il me répond par une respiration plus profonde. Ouais je sais, ça fait peur. Mais faut qu'on se serre les coudes tous les deux.

Mon petit esquimau penche doucement son visage venant se coller contre ma peau et je pose la tête sur mon avant-bras posé sur le bord de son berceau avant de m'endormir à mon tour.

Quand je me réveille, il est vide et je me relève de panique avant de découvrir Timothée dans les bras d'Enguerrand en train de finir d'avaler son biberon, Thomas à leur côté.

— J'ai pas pu résister, j'espère que tu m'en veux pas. Beau boulot, il a des pieds de footballeur, ça se voit.

— Quelle horreur, ris-je. Mais je suppose qu'on sera bien obligés d'accepter que son parrain lui apprenne deux trois trucs. On a tiré au sort, désolé, chuchoté-je à Thomas en les rejoignant.

— Hey, j'ai tout entendu, râle Enguerrand.

Nous rions tous les trois pendant un instant avant que je ne repense à Charlie. Je suis tiraillé entre l'envie de prendre mon fils dans mes bras et celle d'aller la rejoindre. Thomas devine mon dilemme.

— Allez la voir tous les deux. Ses constantes vitales sont bonnes. Les médecins ont décidé de réduire l'administration de sédatif pour la sortir du coma artificiel. Ils ont bon espoir qu'elle se réveille dans les prochaines heures.

Je me contente de hocher la tête sans oser l'interroger sur les risques de séquelles. Mais encore une fois, il semble lire dans mes pensées alors qu'il enveloppe Timothée dans sa couverture.

— 91% des patients qui sont traités en moins de deux heures trente présentent peu ou pas de handicap suite au rétablissement du flux sanguin vers le cerveau. Je sais que ce ne sont que des chiffres, mais pour le moment, il faut s'y accrocher. Sentir Timothée contre elle et entendre ta voix est aussi important que les soins qui lui sont apportés, ajoute-t-il.

— Bon par contre, autant mon filleul préféré est présentable, autant toi tu fais peur à voir. Va te rafraîchir un peu, me conseille Enguerrand. Je vais en profiter pour m'entraîner à changer des couches. On voulait vous l'annoncer tout à l'heure, ajoute-il alors qu'on le regarde, interrogateurs. Peter et moi avons entamé les démarches pour une GPA[39] et nous venons de signer un contrat avec Katie que nous avons rencontrée il y a quelques semaines. Bon, j'ai bien conscience que c'est un timing un peu pourri pour vous en parler...

---

[39] Gestation pour autrui

— Mais non, je le coupe en le prenant dans mes bras. C'est super.

— Y'a pas meilleur moment au contraire pour nous annoncer cette belle nouvelle, acquiesce Thomas en se joignant à nous. Vous allez être des pères géniaux. Par contre Nico, je confirme pour l'obligation d'une douche.

— Enfoiré, je proteste en lui donnant un coup d'épaule. Ok, je fais vite en entrant dans la salle de bain attenante. Vous gardez un œil sur lui ?

Je referme la porte après leur confirmation et prends le temps de me regarder dans le miroir quelques secondes. Je repense à une l'expo qu'on a découverte par hasard il y a quelque temps avec Charlie. Une photographe avait immortalisé le visage de femmes avant et après leur accouchement. Chaque double portrait avait en commun une profondeur nouvelle dans le regard de celles devenues mère, comme si une force intérieure les avait enrichies une fois leur mission de porter la vie achevée. J'ai beau me regarder, je n'y vois pas cette nuance de sagesse supplémentaire. Mais je n'ai pas fait grand-chose pour le moment. C'est maintenant que ça commence vraiment. Comme chaque étape de ma vie, celle-ci est bien chaotique, mais j'ai espoir que comme les autres, tout se finisse bien. J'essaye de m'en persuader en tout cas. Je me douche rapidement et ressors pour rejoindre Charlie afin que l'on vive nos premiers moments à trois.

Nous attendons tous devant l'ascenseur qui me permettra de rejoindre le couloir aérien qui relie la maternité au reste de l'hôpital quand une main vient se poser sur mon épaule. Les Kleiner sont enfin arrivés et je peine à ne pas me laisser envahir par les mêmes larmes qui coulent sur leur visage.

— On a fait aussi vite qu'on a pu, s'excuse Marc.

— On est désolé de ne pas avoir pu être là plus tôt, sanglote Eve.

— Non, non…, c'est moi qui suis désolé. Mais je suis tellement heureux que vous soyez là. Je vous présente Timothée, dis-je en le soulevant de son berceau. Timothée, je te présente Eve et Marc…tes grands-parents, ajouté-je, ému, en m'approchant d'eux.

— Je peux ? interroge Eve en tendant les bras.

— Bien sûr *Oma*[40], accepté-je en le calant dans ses bras.

— Félicitations Nicolas. On espère tellement que Charlie va se rétablir et on sera là pour vous, quoiqu'il arrive, tente de me rassurer Marc.

— Je sais... On va justement la voir. Elle devrait bientôt se réveiller. Et je voudrais qu'on soit tous les trois quand ça arrivera.

— Oui bien sûr, s'excuse Eve en me tendant de nouveau Timothée. Allez-y. On sera là. Préviens-nous s'il y a du nouveau. Je suis...On est tellement fier de toi. Je vais aller prier pour Charlie à la cha-pelle, confie-telle pendant que nous rentrons dans l'ascenseur.

— Eve, je..., commencé-je, m'apprêtant à lui dire que ça ne changera probablement rien. Merci pour elle, me contenté-je d'ajouter alors que les portes se referment, bien conscient que ce n'est pas le mo-ment pour débattre de leurs croyances.

Je culpabilise un peu de les laisser ainsi après le long trajet qu'ils viennent de parcourir, mais je sais qu'ils comprennent que ma place est auprès de

---

[40] Mamie en allemand

Charlie. J'abandonne ensuite les garçons à l'entrée du service de réanimation et me dirige vers sa chambre. J'entre en même temps qu'une infirmière qui vient relever les dernières constantes.

— Vous pouvez déposer votre garçon sur sa poitrine en s'assurant de ne pas déplacer de câbles, m'assure-t-elle. Bipez-nous si vous observez le moindre signe de réveil, me demande-t-elle avant de nous laisser seuls.

Près de neuf mois que j'attends ce moment que j'ai imaginé des dizaines de fois. Mais à chaque fois, je ne me voyais que comme le co-pilote, Charlie aux commandes, m'indiquant comment le porter, le changer, l'habiller. J'ai peur qu'elle m'en veuille quand elle se réveillera et qu'elle apprendra que je n'ai pas été là pour notre enfant tout de suite. Si elle se réveille. Je chasse immédiatement cette pensée de mon esprit et me concentre sur le moment présent. Mon rôle de père ne se résume pas aux cinq premières heures que j'ai manquées, mais aux cinq cent mille prochaines je l'espère. Un bip sur le moniteur fait sursauter Timothée et me ramène à la réalité.

— Salut, je suis de retour et j'ai une magnifique surprise pour toi. Y'a un p'tit bonhomme qui a hâte de te retrouver. Tu t'es surpassée en cadeau d'anniversaire cette année. Il est parfait, je pouvais pas rêver mieux. Il a bien deux bras, deux jambes et tous ses orteils, toi qui avais si peur que l'échographe ait mal compté. Il a mes yeux et ton nez en plus donc je te laisse imaginer le beau gosse. Je vais le poser sur toi. Thomas m'a dit que ça pouvait être une bonne idée que tu le sentes. Alors si le doc le dit…

J'embrasse Timothée sur le front et le dépose lentement sur la poitrine de Charlie. Immédiatement, il pose sa main près de son sein et semble chercher à téter.

— Tim, maman peut pas encore te serrer dans les bras et va falloir attendre un peu pour le repas, mais je peux t'assurer qu'elle t'aime très fort, je lui chuchote, en le maintenant d'une main et en posant l'autre sur celle de Charlie. J'ai triché cet après-midi. J'ai changé mon vœu d'anniversaire. Je sais bien que tu penses que si je le dis à voix haute, ça ne compte pas, mais j'ai besoin que tu te réveilles Charlie. Je promets que je serai moins exigeant l'année prochaine, et même toute la vie s'il le faut. Mais il faut absolument que celui-ci se réalise. Réveille-toi ! On peut pas avoir traversé la moitié de la planète chacun notre tour pour que ça s'arrête là. Ça n'aurait aucun sens.

J'effleure de nouveau le chiffre trois sur sa main, calant ma respiration sur celle de Timothée qui suit déjà le rythme de celle de Charlie. Une heure plus tard, Je suis assoupi quand le corps de Tim s'agite un peu sous ma main et je devine qu'il commence à avoir faim. En relevant mon regard vers lui, je suis attiré par le moniteur dont les chiffres du rythme cardiaque augmentent petit à petit. Et alors que mes yeux se dirigent de nouveau sur mon petit affamé dont les gémissements se font plus forts, je croise ceux de Charlie, fixant notre fils avec une profondeur nouvelle...

Une larme glisse le long de son cou et rejoint la commissure des lèvres de Tim. Nous sommes enfin tous les trois...

Chapitre 7

Samedi 6 février 2021   38 ans

 Louis Chedid, *deux fois l'infini*

∞

— Vers l'infini et au...

L'impact de nos deux corps dans l'eau glacée conclut le cri de Timothée alors que nous venons de réaliser pour la première fois ce qui deviendra notre tradition chaque année comme on vient de se le promettre : sauter ensemble depuis le rocher de la mort le jour de notre anniversaire.

C'est entourés de notre tribu que nous avons soufflé nos bougies. Thomas et Enguerrand ont fait le déplacement à Hyères avec leur famille pour le weekend et les anecdotes de notre enfance ont animé les conversations. Les enfants écoutaient d'une oreille intéressée chacune de nos bêtises et imaginaient déjà lesquelles ils pourraient imiter. Tim était ensuite venu chuchoter son vœu à mon oreille. J'avais en tête de lui proposer ce rite de passage pour ses dix ans, mais il m'avait devancé de deux ans. J'avais dû négocier avec sa mère pour qu'elle accepte de nous laisser plonger. Elle avait fini par céder à condition que nous revêtions chacun une combinaison intégrale.

Nous ressortons la tête de l'eau, hilares et heureux, sous les applaudissements de tous.

— J'ai une cachette secrète à te montrer. Tu me fais confiance ?

— Toujours, me répond-il sans hésiter.

Un dernier regard vers Charlie qui a deviné mes intentions et acquiesce de la tête, un sourire de reddition atténuant son accord, et nous disparaissons sous l'eau en direction de la grotte qui m'avait déjà hébergé presque trente ans plus tôt. Je le tire vers la surface une fois la cavité atteinte et nous reprenons notre souffle.

— Tim, tu vas bien ? Tu t'es pas noyé j'espère ?

— Comment tu voudrais qu'il te réponde si c'était le cas ?

— J'espère que son fantôme viendra te hanter !

— C'est toi la sorcière !

— Commencez pas tous les deux !

Les voix de Rose, Antoine et Emma, la fille d'Enguerrand et Peter, parviennent jusqu'à nous et Tim rejoint la faille pour leur répondre en riant :

— Tout va bien. Vous verriez ça, c'est génial ici ! On viendra ensemble cet été.

— Maman voudra jamais, se plaint Rose.

— Si marraine a dit oui, y'a pas de raison, la rassure son frère.

— Moi je suis encore trop petite... Mais je vous encouragerai, ajoute Emma qui est clairement la moins casse-cou du groupe.

— On va t'attendre sur la plage, concluent à l'unisson les jumeaux.

— Ok, on ressort bientôt, leur indique Tim avant de se retourner vers moi.

J'ouvre mon sac à dos étanche et lui lance une serviette :

— Essuie toi bien le visage. On a réussi à échapper au Covid, c'est pas le moment de choper une pneumonie.

Il s'exécute et je l'imite puis nous nous asseyons sur la roche humide.

— Papa ?

— Oui mon grand ?

— Tu crois que je vais réussir à être un bon grand frère ?

Dix jours que nous savons que notre demande d'adoption a abouti après presque cinq ans de démarches et d'attente. L'accouchement de Timothée a tellement traumatisé Charlie qu'elle ne pouvait pas imaginer retomber enceinte. Mais l'envie d'agrandir la famille était si forte qu'elle avait évoqué la possibilité d'accueillir un bébé abandonné à la naissance. J'avais d'abord hésité, craignant que mon propre passé vienne m'empêcher d'offrir ce surplus d'amour nécessaire dont j'avais tant manqué moi-même les premières années. J'étais un vrai papa poule avec Tim aussi et ne voulais pas avoir à lui imposer le partage de mon attention et de mon cœur.

— L'amour ne se partage pas. Il se démultiplie. Tu sais mieux que quiconque qu'il est possible de créer sa propre famille sans partager aucun gène. Et Tim nous montre tous les jours à quel point il est empathique et généreux. J'ai confiance en nous, avait tenté de me rassurer Charlie.

Nous avions pris le temps d'en discuter avec notre petit bonhomme de presque quatre ans et sa maturité m'avait impressionné.

— Si le bébé n'a pas pu grandir dans le ventre de maman, c'est pas très grave tu sais papa. Si vous lui donnez bien son biberon, il grandira à l'extérieur, nous avait-il expliqué très sérieusement. Moi je suis d'accord pour partager mes jouets.

Il n'avait sans doute pas pleinement réalisé le chamboulement qui en découlerait, mais il avait réussi à faire en sorte que mes craintes s'atténuent.

L'attente avait été bien plus difficile à accepter que ce qu'on avait imaginé. Timothée ne comprenait pas pourquoi cela prenait autant de temps et je culpabilisais à l'idée que mes années troubles pèsent en notre défaveur.

Nous avons fini par élargir notre demande en ne se limitant plus aux nourrissons. Timothée avait grandi et l'idée d'accueillir un enfant plus âgé avait cheminé pour Charlie et moi.

Au printemps 2020, lors du premier confinement, nous avons accéléré notre projet de déménagement dans le Sud de la France après avoir souffert de rester enfermés dans notre appartement parisien.

Charlie pouvait travailler à distance et j'ai réussi à convaincre RTL2 de conserver mon émission musicale en proposant des sessions acoustiques à des artistes que j'inviterais dans mon studio personnel. En parallèle, nous avons créé avec Thomas «l'Asso' Nance», une association qui a pour vocation de partager notre passion de la musique par la découverte d'instruments et le chant à des enfants malades et des adolescents incarcérés. Nous avons même recontacté Sasha et Raphaël pour reformer notre groupe le temps d'un concert caritatif. Depuis notre déménagement au cours de l'été, j'ai donc passé beaucoup de temps à «La Valentine»[41] dans le but que des jeunes détenus volontaires puissent à la fois s'essayer à des instruments, mais écrivent aussi des textes de Slam[42]. Côtoyer des gamins qui semblent pour la plupart avoir manqué d'un cadre à la fois contenant et aimant n'a fait que renforcer le besoin presque viscéral d'accueillir un enfant au parcours similaire au mien.

Le 22 janvier, nous avons reçu un appel téléphonique de l'Aide Sociale à l'Enfance. Lou, petite fille

---

[41] Etablissement pénitentiaire pour mineurs, situé à Marseille, pouvant accueillir 59 jeunes entre 14 et 18 ans.
[42] Forme de poésie déclamée sur un fond musical.

de 4 ans, pouvait bénéficier d'une procédure d'adoption. Elle était placée en foyer à Marseille depuis quelques mois après des passages en familles d'accueil et des allers retours chez sa mère biologique. Celle-ci avait finalement été déchue de ses droits parentaux après des carences affectives et nutritionnelles répétées et des actes de maltraitance. Nous avions quelques jours pour donner notre décision et nous avons pris le temps de réfléchir si nous étions vraiment prêts de notre côté avec Charlie. Etions-nous assez solides pour lui offrir le foyer aimant qu'elle méritait ? Serais-je assez protecteur pour qu'elle grandisse confiante pour l'avenir ? Nous avions également longuement parlé à Timothée de ce que son arrivée allait impliquer.

— On est la famille idéale pour Lou. On ne peut pas la laisser plus longtemps toute seule, s'était-il contenté de dire après avoir bu son chocolat chaud un matin.

Nous en sommes arrivés à la même conclusion et avons donc rappelé pour confirmer que nous avions hâte de l'accueillir. Après avoir échangé avec la psychologue qui la suit depuis quelques années, il a été décidé d'acter plusieurs rencontres après notre anniversaire, d'abord au foyer puis chez nous.

La première est prévue pour demain et le processus d'adoption s'étalera ensuite sur quelques semaines afin d'assurer une construction progressive du lien au regard de l'histoire de Lou et de sa personnalité. Des photos nous ont été transmises et l'assistante sociale nous a retracé ses premières années. Nous avons d'abord été frappés de voir qu'elle a la même teinte de cheveux vénitienne que notre garçon et des yeux verts semblables à ceux de Charlie. L'intensité de son regard, comme apeuré et perçant à la fois, me rappelle tant le mien au même âge. Nous avons conscience qu'il va falloir être patient pour qu'elle nous adopte. Nous savons qu'il faudra composer avec son passif et qu'elle traînera encore longtemps sans doute avec elle ses cauchemars, ses fantômes et la violence dont elle était témoin ou victime.

L'agitation du weekend m'a permis de ne pas trop me laisser envahir par l'appréhension qui m'habite depuis qu'on a planifié le rendez-vous de demain. Mais la question de Tim vient rompre le répit que mon cerveau m'avait accordé.

— Qu'est-ce que t'en penses toi ?

— J'ai un peu peur. On l'attend depuis longtemps nous. Mais elle, elle a rien demandé. Si elle avait eu le choix, est-ce qu'elle nous aurait choisis ?

— Probablement pas, suis-je obligé de lui avouer. Si elle est comme moi quand j'étais petit, elle a sans doute qu'une envie, c'est d'être auprès de sa mère.

— Même si elle lui a fait du mal ?

— Les enfants maltraités continuent bien souvent d'aimer leurs parents malgré tout oui.

— C'est un peu bizarre. Mais je serai patient.

— On ne peut pas vraiment savoir encore si elle a bien compris qu'elle ne pourra plus la revoir. Elle va donc devoir se faire à cette idée tout en nous découvrant. Je peux pas te promettre que ce sera facile. Mais ce qui est sûr, c'est que c'est à ta mère et à moi de prendre soin de vous deux. Ce n'est pas ta responsabilité.

— Alors qu'est-ce que je peux faire moi ?

— Être toi. Lui permettre d'être une enfant en jouant avec elle par exemple. Mais prendre soin de toi aussi. Ne t'empêche pas d'être triste ou en colère parfois si c'est ce que tu ressens.

— Ce serait un peu injuste par rapport à elle...

173

— Ce qui serait injuste c'est d'oublier que toi aussi tu es encore un enfant. C'est sûr qu'il faudra faire un peu attention à la manière dont tu lui parles et essayer de ne pas la brusquer. Par contre, tu pourras venir te défouler sur moi. Je serai ton punching ball. Et je te promets qu'on gardera aussi des moments que tous les deux. Marché conclu ?

— Marché conclu.

Nous scellons notre pacte par une poignée de main virile. Je le serre fort dans mes bras, même si je sais qu'il n'aime plus trop ça ces derniers temps. Mais pour une fois, il ne se débat pas et vient se coller à moi en venant entourer ma taille de ses bras.

— Je t'aime papa.

— Moi aussi. A l'infini.

— Et au-delà ? m'interroge-t-il d'un ton taquin.

— Faut pas exagérer non plus, me moqué-je en ébouriffant ses cheveux encore mouillés.

— Qu'est- ce que vous faites là-dedans ? M'obligez pas à plonger pour venir vous chercher !

La voix autoritaire de Charlie nous fait nous relever rapidement.

— On discute entre hommes...

— Mais on arrive, s'excuse Timothée qui continue parfois de ne pas supporter que sa mère s'inquiète.

Dès sa naissance, il a été le bébé parfait dont tous les parents rêvent : il a fait ses nuits tout de suite, ne pleurait que lorsque ses besoins vitaux se manifestaient et a souri après quelques semaines seulement. Nous avons bien observé un léger changement de comportement à l'approche de ses deux ans, mais il me réservait ses décharges émotionnelles. Il agissait comme s'il ne se voulait pas trop solliciter sa mère qui rentrait souvent épuisée des séances de rééducation suite aux séquelles bien que légères de son AVC : orthophonie, kinésithérapie et ergothérapie rythmaient son quotidien. Mais elle avait tenu à allaiter tout de même Timothée et à reprendre le plus rapidement possible son travail à mi-temps dans un premier temps. Vers ses 18 mois, Thomas nous avait alertés sur ce qui se rapprochait du syndrome de l'enfant trop sage. Il nous avait expliqué que derrière cette transparence se cache souvent une hypersensibilité. L'enfant vit des émotions tellement denses, qu'il ne les canalise pas, mais les barricade. Il nous avait conseillé une thérapie familiale afin d'être accompagnés pour mettre des mots sur son arrivée au monde et qu'il se reconnaisse dans toute sa valeur. En parallèle, il avait évoqué une prise en charge plus alternative avec la kinésiologie qui consiste à accéder à la mémoire du corps, identifier les facteurs contribuant aux blocages et la nature des corrections nécessaires pour les lever, comme il nous l'avait précisé. Nous étions dubitatifs, mais la combinaison des deux suivis avaient permis d'observer une relation mère-fils plus adaptée. Après quelques semaines, Timothée s'autorisait à réclamer sa mère lorsqu'il avait besoin de réconfort ou à entrer en opposition avec elle. Il reste toutefois encore aujourd'hui un petit garçon soucieux de ne pas blesser les autres et je me réjouis finalement chaque jour qu'il vienne contredire le dicton *tel père, tel fils.*

De retour sur la plage, nous découvrons les adultes assis sur une grande serviette, riants, un verre à la main. Les enfants s'essaient à faire rebondir des galets sur l'eau scintillante avec Charlie, désormais experte. Thomas nous rejoint avec des vêtements secs alors que je ne peux quitter du regard celle qui est devenue ma femme il y a six ans sur cette même plage.

Je la revois encore me rejoindre dans sa robe bohème que le vent d'été faisait voler subtilement telles les ailes d'un ange.

 Trois mois plus tôt, elle avait fini sa rééducation et avait quasi retrouvé toute la mobilité de sa main gauche, seule séquelle qui restait de son AVC. Nous fêtions son anniversaire en famille. Timothée avait interrogé son arrière-grand-mère de 94 ans présente ce jour-là d'un *c'est quoi ça* en pointant la bague qu'elle portait à l'annulaire gauche et qu'elle caressait doucement.

— C'est tout l'amour de ton arrière-grand-père que je continue de porter avec moi, lui avait-elle répondu, avant qu'il ne reparte aussitôt. Vous me faites penser à nous Charlie et toi tu sais. Notre histoire non plus n'a pas été des plus évidentes, avait-elle continuer à me confier. J'avais 17 ans et lui 21 quand nous sommes tombés amoureux, juste avant qu'il ne soit appelé sur le front en 1940. Quand il est revenu après la débâcle des Ardennes, il n'était plus le même. Il s'était transformé en un homme froid et s'est mis à boire, beaucoup, pendant tout le temps de l'occupation. Mais je me souviendrai toujours du jour où il m'a demandé en mariage. Il avait eu un accident de moto en rentrant d'une opération de résistance et avait survécu miraculeusement. Il a alors décidé de se battre pour moi et de soigner ses démons. Il a demandé ma main sur son lit d'hôpital entre deux doses de morphine, le visage défiguré et le corps fracturé. Ma mère m'a mise en garde. Pour elle, il ne changerait pas, il valait mieux que j'ouvre les yeux et que je le quitte.

— Mais vous ne l'avez pas fait.

— Non, avait-elle ri. Je savais qu'il faudrait du temps et beaucoup de patience, mais que notre amour était plus fort que tout. J'ai donc répondu à ma mère : *C'est exactement ce que je vais faire, quand nos corps seront séparés par quatre planches.* Et j'ai été heureuse pendant 70 ans à ses côtés.

J'avais souri en pensant que c'est exactement ce qu'aurait pu répondre Charlie si quelqu'un de sa famille avait tenté de la dissuader lorsqu'elle avait décidé de tout plaquer pour moi. Et j'avais réalisé que c'était aussi mon souhait le plus cher.

— Elle dirait oui, sans hésiter, m'avait-elle chuchoté en me donnant un coup de coude. Elle ne te l'a jamais dit sans doute. Mais elle n'attend que ça.

Porter ton nom, votre nom… Et avoir ton cœur autour de son doigt.

— J'y pense depuis la naissance de Timothée vous savez. J'ai même imaginé des tas de scénarios pour ma demande, mais ça ne me semble jamais assez bien…

— Parce que tu sais toi-même que ça ne vous ressemble pas. Un peu de spontanéité mon garçon, avait-elle ajouté.

J'avais croisé le regard de Charlie et avais su exactement ce qu'il me restait à faire. Mais il me manquait un élément essentiel.

— Je serais très heureuse que ma petite fille porte ma bague de fiançailles avait continué Colette qui avait deviné mes intentions. Si tu m'aides à la détacher de mon sautoir…

Je m'étais empressé de la récupérer discrètement et n'avais pas hésité une seconde de plus. J'avais soufflé un *merci* après avoir embrassé la joue ridée qui s'était empourprée et j'avais attiré Charlie dans le jardin, à l'endroit même où je lui avais déclamé mon poème.

— Qu'est-ce qui se passe ?

— J'ai pas oublié que ça fait des années que tu me réclames une chanson pour ton anniversaire...

— Et tu t'es dit que l'air frais te donnerait le courage de te lancer ?

— Non, j'ai toujours pas réussi à écrire le moindre mot...

— Alors qu'est-ce qu'on fait là ?

— J'ai enfin compris pourquoi j'y arrive pas. Aucun mot ne pourra vraiment décrire ce que je ressens pour toi. C'est comme tenter de photographier la lune ou les étoiles. La beauté de ce qu'on voit à l'œil nu peut pas être capturé par l'objectif. J'ai pas de chanson aujourd'hui, j'ai juste une promesse à t'offrir, celle de passer les soixante prochaines années à tenter de trouver une rime à notre histoire. Et tu feras de moi le plus heureux des hommes... si tu acceptes de devenir ma femme, avais-je conclu la voix voilée en déposant l'alliance au creux de sa main

— Je crois que tu tiens le refrain là..., avait-elle tenté de plaisanter, le regard figé sur l'anneau.

— Qu'est-ce que t'en dis ? avais-je demandé timidement.

— Que j'ai hâte qu'on écrive le prochain couplet...

J'avais essuyé la larme qui coulait sur sa joue et l'avais embrassée tendrement.

Timothée me sort de mes pensées alors qu'il s'effondre dans le sable en croisant Charlie, aussi maladroit que lorsqu'il avait trébuché tandis qu'il apportait les alliances lors de la cérémonie que nous avions organisée avec nos familles et amis proches.

— Tu regardes tes souvenirs ? m'interroge Thomas.

— On en a tellement ici...

— Et sans doute tout autant qui les attendent, ajoute-il en désignant Antoine et Emma qui tentent de séparer Rose et Tim qui sont encore en train de se chamailler.

— Je crois qu'on va être obligés de leur céder nos titres de mousquetaires, lance Enguerrand qui nous a rejoints.

— Hors de question, rétorque Charlie. Ne nous enterre pas tout de suite.

— Surtout que c'est plutôt Aérosmith[43] qu'ils vont pouvoir imiter très bientôt, ajouté-je, après avoir reçu l'accord silencieux de Charlie dont j'avais pris la main.

— Ou disons qu'ils pourront bientôt former une équipe de basket, complète-t-elle pour qu'Enguerrand puisse saisir le message.

Nous n'avions pas encore annoncé la nouvelle, de peur sans doute que le destin se joue de nous si nous tentions de le devancer. J'ai encore cette mauvaise habitude de croire que le bonheur me fuira si je le dévoile, comme s'il fallait qu'il reste caché pour ne pas risquer de s'évaporer. J'ai tant crié ma colère que j'ai souvent le sentiment qu'il faut que je chuchote mes joies. Mais demain sera un jour décisif dans nos vies et nous avons besoin du soutien de nos compagnons d'armes.

— Ça mérite une danse de la joie non ? propose Thomas en nous attrapant par les épaules.

— A défaut d'un p'tit calumet de la paix pour me détendre... Quoi, encore trop tôt ? ironisé-je devant leur mine dépitée.

───────────────────────

[43] groupe américain de hard rock formé de 5 membres.

— Ce sera toujours trop tôt ! me sermonne Charlie, une tape sur la tête.

Des gouttes de pluie percent le ciel après quelques pas de notre cérémonie improvisée et les enfants nous rejoignent en criant, persuadés que notre invocation a été exaucée. L'averse s'intensifie et nous remontons le sentier rapidement pour trouver refuge sous une cavité rocheuse près de la Tour fondue. La moitié du cortège avait fait le trajet à vélo à l'aller. Peter et Victoire proposent de ramener les enfants en voiture et de revenir nous chercher plus tard.

— Combien de temps avant que ce soit eux qui viennent se cacher ici avec des bouteilles de bière? plaisante Enguerrand en les regardant partir.

Nos soupirs pour seule réponse, nous nous asseyons contre le mur en pierre.

— Vous pensez qu'on sera encore assis là tous ensemble dans cinquante ans ? les interrogé-je.

— Madame Irma va peut-être nous le dire, répond Thomas en pointant Charlie.

— Ma boule de cristal a rendu l'âme depuis le lycée, râle-t-elle en lui tirant la langue telle une adolescente boudeuse.

— Ok, Je m'y colle, annoncé-je très sérieusement. Dans cinquante ans jour pour jour, on sera sur cette plage. On fêtera mes 88 ans entourés de nos enfants et petits-enfants. Et je vous interdis de vous évader vers un monde non terrestre d'ici là. Faudra penser à prévoir des sauveteurs en mer parce que je ne dérogerai pas à mon saut, même si je dois me traîner en déambulateur en haut du rocher. Y'a de fortes chances que mon dentier finisse dans le sable lorsque je soufflerai mes bougies, que Charlie le confonde avec un caillou et réalise son record de ricochets. Thomas nous empêchera de finir notre bouteille de tisane au CBD de peur qu'on fasse une overdose et Engué simulera ensuite un malaise dans le seul espoir qu'un jeune pompier vienne le secourir.

Leurs rires résonnent dans notre abri de fortune, mais je garde mon sérieux.

— J'espère surtout que nos 4 Fantastiques auront pris Lou sous leurs ailes et seront assis à notre place à s'interroger où ils seront eux-mêmes des décennies plus tard. Je leur souhaite autant d'erreurs que nous, à quelques exceptions près. Et prévoyez des perles, sous toutes leurs formes. Parce que ce même jour, nous célébrerons les trente ans de mariage de Rose et Timothée. On sait tous comment finissent les amitiés amoureuses. Chahuteuses, maladroites et hésitantes, mais inspirantes, inextinguibles et éternelles... Antoine a l'âme d'un poète. Il trouvera sans doute sa muse sans même la chercher car il est un enfant du destin. Emma fera de sa douceur une force et domptera le monde sans chaos. Et je ferai tout mon possible pour que Lou trouve sa propre part de magie.

Un silence solennel conclut mon monologue.

— *Évra kedebra* mon frère, déclare Thomas.

— *Évra kedebra* ! répètent en chœur les deux autres.

En un regard, ils coordonnent leurs gestes. Charlie sort une madeleine d'un tupperware et y plante une bougie. Tom débouche la bouteille de champagne qu'il a dérobée sur la table avant notre virée et remplit les verres qu'Enguerrand lui tend. Ils se rapprochent tandis que la cire dégouline déjà sur le dôme du gâteau et me font face en formant un demi-cercle.

— Fais un vœu et souffle, m'ordonne ma moitié la voix douce.

Je ferme les yeux et…